目次

この作品は、竹書房ラブロマン文庫のために
書き下ろされたものです。

序章

ブーンと虫の羽音のような耳鳴りが聞こえる。

コクーンと呼ばれる大きな繭《まゆ》のようなカプセルに入っている麻宮順平《あさみやじゅんぺい》は、まるで暗い川を泳ぐように、おんなを抱いていた。

「あっ、ああんっ……ねえ、いいっ！　ああ、いいのぉ……っ」

正確には、本物のおんなではない。物理的に、何かを抱いているわけでもない。

いうなれば幻を抱いているのだ。

淫夢《いんむ》に近いとも言えるかもしれない。

けれど、順平の意識はこれが夢でないことを承知している。

「ねえ。どうかしら。わたしのおま×こ、気持ちいい？」

「いいよ。すっごく、気持ちいいっ！」

答えはしたものの、実際に声は出していない。否《いな》、そもそも自分が本当に答えたのかも定かではない。

アダルトビデオを体全体で見ているようなものだから、順平の意志で吐いたセリフではなく、シナリオが言わせているのだ。

だからといって演技をしているつもりはない。

未知の体験だけに、ものすごく新鮮で不思議な感覚だ。

「そこ、そこなのっ……気持ちいい所にあたってる……ああ、すごいわ順平くん」

相手の女性は、順平の意識下から作成されると聞いていた。

スレンダーながら乳房やお尻が大きく肉感的なタイプ。顔立ちは清楚《せいそ》で甘い雰囲気。ひと昔前のアイドルによくいたタイプだ。

(ふーん。これが僕の好みのタイプなんだぁ……)

正直、ピンとこなかったが、それでいて自分が興奮していることは判った。

痛いほど分身が屹立《きつりつ》していた。

バーチャルとはいえセックスしているのだから勃起《ぼっき》しているのは当然なのだろうが、実はそこのところの感覚がよく判《わか》らないのだ。

童貞であることもさることながら、この数年EDのような状態にあったことが大きい。

ていたのだ。

正直、このカプセルに入るまでは、自分の持ち物が勃起することなどすっかり忘れていたのだ。

確かに下腹部には、痺《しび》れや違和感がある。ドクンドクンと下腹部が脈打つような感覚や、急き《せ》立てられるようなやるせなさにも覚えがある。

けれど、それすらも、このマシンがもたらすバーチャル感であり、幻のようなものかもしれないのだ。

「あんっ……あはぁっ……んふうううぅ～っ！」

騎乗位で美女が小刻みに腰を揺すらせ、膣孔に呑み込んだ順平の分身を蹂躙《じゅうりん》する。噎《む》せかえるほどの息苦しさのその奥に、微《かす》かな愉悦《ゆえつ》が兆《きざ》している。

細くすべすべした腕が、その細さからは想像もつかぬほどの力強さで首筋に巻き付いているため身動きできない。さらには、ひどく長い美脚が腰に絡《から》みつき、大木に這《は》うツタのように女体を密着させてくる。

「すごくいいいっ……。太いものに内側から押し広げられている感じ……。ああ、ああぁ」

マシュマロ並みにふかふかのおっぱいを顔に押しつけられる心地よさ。けれど、甘い汗にまみれた乳肌《ちちはだ》が鼻や口を塞《ふさ》ぐのだ。

「ぐあぁっ……ぐふっ……ぶふううっ……」

わずかに首を曲げて、喘《あえ》ぎ喘ぎに息を吐く。

それでもなめらかで、ふくよかな谷間がふるんと流れ、鼻や口を覆《おお》ってくる。

（あぁ、おっぱいで溺れてしまう……！）

ひどく息苦しいのに、いつまでもそうしていたいと願う自分がいる。

（ああ、そうだ…。中学生の頃までは、大きなおっぱいに興味津々《しんしん》だったのだ……）

自らの男としての機能を失って以来、そんなことまで忘れていた。

（おっぱいだ……。あんなに憧《あこが》れたおっぱいに顔を埋めているんだ……）

おんなの乳房というものが、これほどまでに男の興奮を誘い、欲情を掻《か》き立てるものだとはじめて知った。

たとえマシンによる疑似体験でも、これほど煽《あお》られるのだから、本物の乳房に触れたらどうなってしまうのか。

（いつか本物のおっぱいに触れることができるのだろうか……）

そんな想いを抱きつつ、掌《てのひら》で左右のふくらみを鷲掴《わしづか》みにして、遊離脂肪を寄せ集める。

掌を覆い尽くすリアルな感触に、下腹部がさらに疼《うず》いた。

「ふああっ、おっぱいそんなにしないでぇ……」

掌に余るほどの巨乳を根元から絞《しぼ》ると、薄紅に色づいた乳暈《にゅううん》ごと乳首が堅締りして、ツンツンにしこっていく。

ず、ずずずっと乳肌をこそぎ、尖りを増した乳蕾を指先に捕まえる。

「はうんっ！　ああ、乳首だめぇっ！」

決して強く嬲《なぶ》ったつもりはない。それでも余程気持ちいいと見えて、女体がぶるぶるっと艶《なま》めかしく震えた。

一緒に、膣肉も妖しく蠕動《ぜんどう》し、男の精を搾《しぼ》り取らんとする。

まぎれもなく彼女は最高のおんなだった。肉体ばかりではない。肌が馴染むにつれ、その顔立ちを美しいと感じはじめている。

心臓がドクンと早鐘を打ち、愛《いと》しさとはこういうものであったことを思いだした。

「あうっ！　くうぅっ……」

下腹部に込み上げるやるせなさは、ついぞ感じることのなかった射精衝動か。

危うく打ち漏《も》らしそうだったが、きつきつの女陰に締め付けられ、痺れていたことが幸いした。

本能に従い、くんと腰を捏《こ》ねて最奥を突きあげる。

「あんっ、だめよ、奥に当たっているのに……。子宮にまで挿入《い》れるつもり？」

鈴口《すずぐち》が軟骨のようなコリコリした壁に当たる手応えを十分に感じている。教えられてはじめて、我が分身が子宮口に届くほど大きいのだと悟った。

けれど、肉塊を根元まで咥《くわ》え込まれる快感は捨て難《がた》い。

「素敵です。なんていいおま×こなんだ……。〇〇さん……」

自分は彼女の名前を呼んでいる。それなのに彼女の名前が判然としない。

これが夢なのか、バーチャル世界での疑似体験なのかも、あやふやになってきた。

もしかすると、思い出せないだけで現実の出来事なのかもしれない。

(そう言えば、さっきクスリを飲んだっけ……。あれ、何のクスリだ……？)

ドラッグに手を出したつもりはないが、何かに酔っぱらっているような感覚も確かにある。

「好きよ。好き、好き……。順平君、愛してるぅ……っ！」

いかにも愛おしげに名を呼ばれ、首筋にしがみつかれると、さらに情欲という酔いが増す。

性に溺れ、女体を貪《むさぼ》るあまり、のぼせているのだろうか。ただひたすら相手への愛しさが募《つの》るばかりだ。

相変わらず乳肌に顔を埋めたまま、自らも小刻みな擦《こす》りつけを送り込む。

狂おしい想いを、ひたすら官能に変換して耽《ふけ》る。

激しい渇きにも似た性欲は自慰にも等しい。愛していると感じているのに、頭のどこかでそれがバーチャルと気づいているからだろうか。いくら交わっても満足を得られそうにない。それでいて、やめることもできずにいる。

ぐちゅり、びちゅちゅっ、ねちゅにちゅちゅっ——おんなの細腰が浮き上がり、緊結していた牡牝《おすめす》の性器がほぐれて猥褻《わいせつ》な水音が立つ。

順平の顔を覆い尽くしていた乳肌が離れ、艶めかしくも揺蕩《たゆた》うように揺れる肉房。そのすべすべした果実を下から恭《うやうや》しく支え、やさしく掌に潰していく。

相手のやさしい面差しが快楽に歪《ゆが》む。

やはり美人だと思うものの、どうしても彼女が誰であるのか思い出せない。

やるせない想いをぶつけるように、彼女の腰つきにあわせ順平も腰を捏ねた。

「んあ、ああ、それダメぇ……」

敏感な部分を擦られるのが、よほどよかったのだろう。女体がグッと背後に反《そ》りかえる。その隙《すき》に順平は、自らの体を持ち上げ、女体との距離を取った。

順平が新鮮な空気で肺を満たす間に、彼女は自発的に女体をうつ伏せて体位を入れ替える。勃起を女陰に咥え込んだまましなやかに右足を持ち上げ、後背位へと移行するのだ。

「うおっ！　ぐふううっ……」

たまらない快感に、思わず喉《のど》が鳴った。相変わらず窮屈《きゆうくつ》な膣道に、先ほどまでとは異なる部分が擦れたからだ。

豊かな雲鬢《うんびん》がふぁさりと振られ、髪の甘い匂いが鼻先をくすぐった。

「ねえ、今度は激しくしてっ……」

振り向いたその貌《かお》の妖艶《ようえん》さ。ゾクリとするほどの色気に、順平は生唾《なまつば》を呑んだ。

「判りました……。じゃあ、激しくしますねっ！」

正直、童貞である自分が、自発的に律動させるのは不安がないでもない。

それでも本能に身を任せ、抜《ぬ》き挿《さ》しをはじめてみると、それほど難しいことではないと悟った。

しとどに女陰が濡れていて、畔道《あぜみち》がぬかるみ状態であることも幸いした。

抜け落ちる寸前にまで引きずり出した切っ先を、逆ハート形の尻朶《しりたぶ》にずぶずぶずぶっと埋め戻す。

「あうううっ……。いいっ！　ねえ、もっとぉ、もっとしてぇ……」

甘えたようにすすり啼《な》く声に促《うなが》され、灼熱《しゃくねつ》と化した勃起をゆっくりと大きなストロークで出し入れさせる。

はじめこそ多少のぎこちなさがあったものの、律動《りつどう》を重ねるたびにスムーズさが増していく。

挿入角度が変わったお蔭で、先ほどまでより締め付けは幾分ゆるく感じられる。その分、葛湯《くずゆ》に漬け込んでいるようなヌルついた抵抗と、熟《う》れた肉襞《にくひだ》の感触を存分に愉《たの》しめる。

「ああ、やばい！　気持ちいいですっ。最高のおま×こだぁ……」

ずぶんと打ち付けては、滑らかな尻朶に付け根や太ももを擦りつける。

掌で細腰をたっぷりと引きつけ、切っ先が届く限り女陰を犯すのだ。

「もっと、もっと擦ってぇ……。ああ、そこよ、そこ、そこぉ……っ」

シミひとつない背中を抱きしめるように腕を回し、紡錘形《ぼうすいけい》に垂《た》れ下がった乳房をすくい取る。

たわわに実った果実は、たっぷりと重く、五指に吸いつくようにまとわりついた。

滑らかで、やわらかくて、そしてどこまでも官能的だ。

「ああ、おっぱい、気持ちいいっ！　おま×こも気持ちいいの……ぉ」

積極的な腰つきとふしだらな淫語。それは男を愉しませるための手管《てくだ》であって、内心は恥ずかしさでいっぱいであることが手に取るように理解できる。

快感もあるのだろうが、背筋まで赤く染めているのは、その証《あかし》だろう。

「おっぱいを揉《も》み潰して……。めちゃめちゃにして欲しいのぉ……！」

求めに応じ、指と指の間から零《こぼ》れ落ちる遊離脂肪をぐにゅんとひり潰し、ぐんと腰部を押し付ける。

手綱《たづな》を引くように脇から乳房をひっぱり、その分だけ勃起を押し込むのだ。

（ああ、この人が好きだっ！　愛しているんだ！）

名前も思い出せないのに、滾々《こんこん》と愛情が湧き上がる。もはやバーチャル体験であることなど、念頭から外れている。

ただひたすらに、もどかしいような、それでいて心地いいような快感に肉体がドロドロに溶けていく。

「ああん！　あっ、あぁ、激しいっ！」

ぐりぐりと揉み込んでから大きく退いた。

「んああっ、切ないわっ！　抜かれるのが切ないぃ……っ」

くびれ腰に両手を添え、本格的な律動へと移行した。

情感を一気に解放して、ひたすら官能に溺れていく。自らがパンパンパンと、肉を打つ乾いた音に、さらに興奮を煽られる。

肉塊が痺れ切っていて、ほとんど感覚がない。そのお陰で、なおも分身を膣孔にズボズボと抽送《ちゅうそう》できているのかもしれない。

「もうだめ、イッちゃいそう！　ねえ、イクっ!!」

再び女陰が、きゅっと締め付けてきた。絶頂を迎えると同時に、種付けを求めているのだ。おんなの本能のなせる業《わざ》だった。

「ぐふっ！　そんなに締め付けると僕も射精《で》ちゃうよお！」

「ああ、ちょうだい。疼くおま×こに……精子……ちょうだい……」

激しい律動のたび、途切れ途切れにおんなが啼く。うねり蠢《うごめ》く女陰が順平の余命を奪っていく。久しぶりに味わう射精前の切羽詰まるようなやるせなさ。

「ねえ、イッて……。わたし、もうイッてる……。一緒に、ねえ、一緒にぃ……っ」

おどろに髪を振り、太ももや背筋のあちこちを痙攣《けいれん》させて、あられもなく彼女は絶頂を迎えている。喰い締めていた媚肉《びにく》がふいに緩《ゆる》み、バルーン状に膨《ふく》らんで種付けに備えた。

「愛してる。ああ、順平君、好きよっ、大好きっ！」

情熱的に愛を告げ、背筋を反らせてイキ乱れるのだ。

「ぐああ、いいよ。気持ちいい……」

愛される歓びが射精感を呼び、頭の中を真っ白にした。

「イクよっ！　うがああ、僕もイクっ！」

順平は最深部に切っ先を届かせて律動を止めた。肉傘を大きく広げ、ぶばっと白濁《はくだく》を発射させる。

勃起を躍らせて、溜まりに溜まった精液を胎内に全て吐きだした。

荒く息を吐《つ》き、滾《たぎ》る魂を鎮めていく。

気がつくと、真っ暗だったコクーンの内部が白く発光している。

精を放つと共に、現実世界に連れ戻される仕組みらしい。

ゆっくりとハッチが空くと、コクーン全体が青色に点滅していた。

「おめでとうございます！　あなたの精子は、十分に繁殖能力が備わっていると判明しました」

羊水のような水面にぽっかりと浮かび、未だコクーン内部で体を横たえている順平の顔を覗《のぞ》き込む年若い二人の女性の熱い眼差《まなざ》し。

まるで勇者を称《たた》えるような熱っぽい視線は、無防備な順平の股間にも注《そそ》がれている。

もろ出しの男性器は、力なく萎《な》えているが、確かに精を放ったらしく白濁の雫《しずく》が一滴《てき》、鈴口から滲《にじ》み出ている。

順平の分身に視線を注いでいる二人は、医師と看護師と名乗っていたから、覗かれるのはやむを得ないのかもしれないが、やはり恥ずかしくて何気なさを装《よそお》い下腹部を手で隠した。

順平は居心地の悪いコクーンからそそくさと身を起こしながら、なぜか生まれたばかりの赤ん坊にでもなったような気分がした。

第一章　美人教官の筆下ろし指導

1

うだるような暑さが続いている。

まだ七月に入ったばかりだというのに、既に十日連続の猛暑日を記録している。

このまま行けば、記録的酷暑として記憶される夏になりそうだ。

けれど、麻宮順平にとっては、全く違うことで記憶に残る夏となりそうだ。

それというのも、先日順平の手元に赤紙が届いたからである。

「よりによって、何で僕に……」

有能力者召集令状――この令状を受け取った者は、三十日以内に指定のリハビリセンターに入所して、一カ月をそこで過ごさなくてはならない。

もちろん、かつての赤紙とは違い、徴兵されたわけではない。

炎天下のアイスクリームの如き日本人に、何の覚悟もなく兵役など務まるはずがない。

まして、いまや日本男児は、風前の灯火《ともしび》であるのだ。

いまから五年前、二〇三×年の冬に、大流行したインフルエンザウィルスの変異種が事の発端だった。

その頃、順平は中学一年生であったが、それでも記憶に新しい。

当初は、発症後の症状の軽さもあって、その感染力の強さばかりが注目されていたが、後に全人類が滅亡しかねない大問題が発覚した。

世の男たちの性欲が著《いちじる》しく減退してしまったのだ。

単なる精力減退や勃起不全であれば、クスリで血流の改善を促すなりして、どうにか凌《しの》ぐことも可能であったはず。

けれど、深刻だったのは、いわゆる無精子状態の男が大半を占めるようになったことだ。

お陰でこの五年の間に、新生児の誕生は極めてまれになった。

ただでさえ先進国は少子高齢化が進んでいたが、この感染症のお陰で極端な少子化が起きてしまったのだ。

問題解決のため、ひとまずは医学的に男性機能を回復するクスリの開発が進められたが、今日現在その特効薬は完成していない。

今一つの手立てとして、クローン技術を応用し、精子の複製を試みる研究も進められているが、こちらの方は命の尊厳という哲学的にも倫理的にも複雑な問題を含んでいるため、ややこしい論争が喧《やかま》しく、ほぼ頓挫《とんざ》している状況にある。

残る希望は、一握りの有能力者の存在だ。

何事にも例外はあるもので、極めて少数の男性たちが、かろうじて精子を有していることが判明した。

その割合たるや六十代までの成人男性の、わずか数千人に一人にも満たない人数ではあったが、例外的に生まれつき感染症に対する免疫《めんえき》を有するものがいたのだ。

その存在が発覚すると政府は、種と国の存続をかけ、有能力者たちのリハビリセンターを設置した。

有能力者といえども、ウイルスの影響はゼロではなく、その性欲は希薄であった。

なのでリハビリ施設では、ひとえに有能力者の精力増強を目的にしていた。

言うなれば、男たちを性に目覚めさせるための施設である。

そんな施設に、一カ月間とはいえ、突如として十八歳の順平は放り込まれることになったのだ。

「男として喜ぶべきことだって言うやつもいるけれど、正直、面倒くさいし、何だか恥ずかしいような気もするし……」

自らを極めて平凡な男子と自覚していた順平だけに、赤紙が届いたことは意外であり、戸惑いもした。

自分よりもよほど男らしく硬派な友人ですら、ことごとく不合格であったのに、なぜ自分がとの思いが強いのだ。

確かに免疫の問題であり、男性ホルモンとか、硬派とかとはまるで次元が違うことであるらしいのだが、どうしても自分が甲種合格（子種あり）と認定されたことが自覚できずにいる。

「だいたいなぁ……。有能力者って響きは、なんだかエスパーとかヒーローになったみたいで格好いいけど、何となく精力絶倫とかってイメージもあって恥ずかしいんだよなあ……」

何せ思春期の時期に、新型インフルに見舞われたため、順平の異性への興味や性的な関心は未発達のままで停止している。

ギリギリ初恋は経験し、精通もしていたものの、それ以降は異性とつきあった経験もなく、もちろん初体験もしていない。

そもそも、その欲求がなく育っているのだから、いくら有能力者といわれてもピンと来るはずがないのだ。

成人した男性は、能力検査を義務付けされているから受けたまでのことで、正直、能力の有無に関して興味はなかった。

頭から自分は、そんな能力など失われているものと思い込んでいたのだ。

「大体、リハビリセンターって名前もなんだかなあ……」

リハビリ云々《うんぬん》との名称にも抵抗があった。何ゆえ自分がリハビリなど受けなくてはならないのかと思うのだ。

けれど、それも有能力者の義務とされている以上、所詮《しょせん》学生の分際である自分に逆らうこともできない。

もっと言えば、リハビリセンターには特殊な異名があり、それも何となく順平の気が進まない要因のひとつになっている。

女性との営みを教わることから、施設の俗称は〝女塾〟。また男の誇りを取り戻すための学舎《まなびや》であることから〝男塾〟などとも呼ばれているのだ。

「わざわざ教わらなくても僕は男だっつーの！」

男性機能が不全であっても、性別の自覚はあっただけに、今さらとの思いがある。

「それになあ……。その後だって、僕はどうなってしまうのか……」

リハビリを受けたのち、自分がどうなっていくのかに関しても想像がつかない。

政府の説明では、有能力者といえども一般人に交じって普通に生活するのだと聞いている。

一般男性との違いは、複数のパートナーとの生活も許されるということだ。

その場合、生活の補助も国がしてくれることになっている。

決まったパートナーを持たずに複数の女性と性的関係を結び、子作りをしている有能力者もいると聞く。むろん、パートナーを一人だけ選び、生活している者も少なくないそうだ。いずれにしても全ては自らの選択にゆだねられるらしい。

けれど、いくら説明を聞いても、やはり順平にはピンとこないどころか、どこかネガティブな印象さえ受けた。

政府に管理された種馬のような生活が決定づけられたような気がしてならない。

「悠々自適《ゆうゆうじてき》の生活が保証《ほしょう》されるのは、裏返しにそう言うことだよな……」

喜ぶべきか、悲しむべきか、考えれば考えるほどよく判らない。

ただ一つ言えることは、これで自分は一生おんなに不自由しないであろうことだ。モテない人生よりは、モテた方が愉《たの》しいであろうと想像するものの、やはり精力が減退しているせいなのか、さしたる悦《よろこ》びもない。

おんな嫌いというわけではないが、恋人と過ごした経験すらない順平だから、そもその物差しがないのだ。

だからこそ施設への召集は、収容所への召喚のようにも感じられて、どこか憂鬱《ゆううつ》だった。

2

指示された駅まで電車で来ると、そこから先は迎えの車があった。

そのクルマもワゴン車程度を想像していたが、なんとドイツの高級車がそれであることにまず驚かされた。

さらに意外だったのは着いた先が、いわゆる高級リゾートホテルであったことだ。

「麻宮様。お待ちしておりました。早速ですがフロントで受付をお願いします」

車のドアを恭しく開けてくれた女性ベルマンが、順平の荷物を受け取り、入口の扉を開いてくれる。

中に入ると、その瀟洒《しょうしゃ》な造りに、またしても驚かされた。

総大理石造りのロの字型の大空間が、すっぽりと大きな吹き抜けになっていて、その一面には、ガラス張りの展望エレベーターが設置されている。

五階ほどまでの高さながら、各フロアをステンドグラス張りの回廊が巡る造りになっていて一種荘厳な雰囲気が漂《ただよ》っていた。

「ここはリハビリ施設って聞いたけど……」

学校のような施設を思い浮かべていた順平の想像とは、あまりにかけ離れていて、どうして政府がこんな建物を用意したのか不思議でならない。

「はい。確かにいまは男性機能リハビリセンター第五群と妙な名称がついていますが、元々ここは高級リゾートホテルでした。先の感染症不況の影響を受けて経営が立ち行かなくなったホテルを政府が買い取り、施設として改装したのです」

女性ベルマンの説明に、順平はなるほどと頷《うなず》いた。

「あれ？　ってことはやっぱりホテルじゃなくて、あなたもベルマンさんじゃないってことですか？　荷物を受け取ってくれたからてっきり……」

もちろん、順平には、ベルマンが待機するようなホテルに宿泊した経験などない。

それでも、高級ホテルなどでは宿泊客のチェックイン時に、スーツケースなどの荷物を預かり、客室まで運ぶ業務を行うスタッフがいることくらいは知っていた。そういうスタッフをポーターとか、ベルマンと呼ぶことも。

けれど、ここがホテルではないのなら彼女もベルマンではないはずだ。

慌てて順平は、自分の荷物を受け取ろうと手を伸ばした。

「いいえ。いいのです。御案内するのもここのスタッフの仕事の一つですから……」

そう言って笑う彼女の顔を、はじめて順平はまじまじと見た。

あまりに想像と違う展開に、あちこちに気を取られ、失礼ながらろくに彼女の顔も見ていなかったのだ。

(うわぁおぅ！　かなりの美人さんだ……。僕より少しお姉さんだろうけど……)

制服と思《おぼ》しき水色の開襟《かいきん》シャツには、襟元《えりもと》にピンクのスカーフリボンが巻かれている。濃紺に銀のストライプの入ったやや丈《たけ》が短めのスカートを腰高に穿《は》いている。

リハビリセンターのスタッフの制服というよりも、どこかの航空会社のキャビンアテンダントの制服を思わせる。

「そ、そうですか？　じゃあ、お願いします……」

言われるままに素直に手を引っ込め、彼女の案内でフロントへと歩いていく。

「あの……。こういう施設って、他にもあるのですよね？　それもここと同じようにホテルとかを利用しているのですか？」

彼女が口にしたように、ここの正式名称は〝男性機能リハビリセンター第五群〟と長い名前になっている。事前に政府から受けたレクチャーでは、確か第一から第十八群までの施設があると聞いた気がする。

「多分、そう……。わたしはここの施設しか知らないのですが、他もこういったホテルを買い取ったり、元々政府の施設であった建物を転用したりしていると聞いています」

はきはきと応えてくれる彼女に好感を持ちながら、「やっぱ、そうなんだ……」と相槌《あいづち》を打った。

順平から話を振っておきながら、その実、それほど興味があったわけではない。何となく彼女と話がしてみたかっただけだ。

これから約一か月、ここでリハビリなるものを受けて過ごすのだから、彼女とはまた話をする機会もあるだろう。その前に打ち解けておきたい気持ちがあったのだ。

できれば彼女の名前だけでも知っておきたい。

順平にしては極めて珍しい感情ながら、彼女には十分以上に人を引き付ける魅力がある。

美人であることはもちろん、順平が気になって仕方がないのは、水色の制服をこんもりと盛り上げる胸元のふくらみだ。

例の男性機能検査で、あの〝コクーン〟なるカプセルに入って以来、順平は女性の乳房を意識するようになっていた。

特に彼女のように、肉感的で胸の大きな体つきが、どうやら自分の好みであるらしい。

（そういえば、おんなのひとに興味を持つのは久しぶりだな……）

こんな風に心が漣《さざなみ》が立つようにざわめくのは、もしかすると初恋以来かも知れない。

これからここで受けるリハビリとは、正しくそういった感情を呼び起こすためのもののはずだ。

ならばこれは幸先のいい兆しといえるものだろう。

目の前に元はホテルのフロントらしき受付が見えている。

ふたりの会話は、そこまでで終わるに違いない。

ならばと順平は、思い切って本当に聞きたいことを口にした。

「あの、あなたのお名前を……」

3

真夏の入道雲が青い空に染み入るように白い。

青い海と空の色が境界線で溶け合う極上のオーシャンビューに、思わず順平は歓声を漏らした。

「うわあああ……。本当にリゾートホテルみたいだ……」

みたいも何も元はリゾートホテルなのだからそれも当たり前なのだが、案内された部屋は、いわゆるスイートルームか何からしく、贅沢《ぜいたく》極まりない広さと豪華さに溢《あふ》れている。

確実に百㎡を越えていそうな部屋は、シャワーブース、ウォークインクローゼット、ドレッサールームなどが当たり前のように設置されている。

「お風呂の他に、シャワーブースがついているなんて……」

落ちついた雰囲気のインテリアに囲まれたリビングルームとキングサイズのベッドが置かれたベッドルームとが、すっかり日常を忘れさせる空間となっている。

応接セットの他に四人掛けのテーブルが設置されていても、なお十分に広さを感じさせる豪華な部屋に、ただただ順平は目を見張るばかり。

かつてロイヤルスイートと呼ばれたこの部屋を、ひと月も占有できるのだから贅沢極まりない。

恐らく順平が借りている安アパートよりもよほど広く、かつ、ひと月分の家賃よりも何十倍も高いだろう。

衣服など、ここで過ごすための荷物は、あらかじめ発送してあった。

入り口の木製のバゲージラックに置かれた見覚えのある段ボール箱が、それであろう。

「にしてもだよ。手持ちの洋服を全部ここに運んで、ハンガーに吊るしても、ここのクローゼットの半分も満たないよな……」

呆《あき》れたようにつぶやきながら一通り部屋中を見て回ったあと、順平はダイニングテーブルに設置された椅子を引いて、そこに腰を降ろした。

ふと見ると、テーブルの上には様々なフルーツが籠《かご》に載せられており、甘い匂いを発している。

あまりに現実離れした空間に、異世界に迷い込んだようで、お尻が落ち着かない。

喉がカラカラであることに気が付き、カバンの中からペットボトルを取り出すと、生ぬるくなった液体を口に含んだ。

安っぽい、匂いも風味もないお茶だけが、順平を現実に繋《つな》ぎ留めてくれる。

じっとりと汗の浮き出した額を腕で拭《ぬぐ》ってから、その気持ち悪さに、またしてもカバンの中を探る。

入れておいたハンカチを探ると、先ほど受け取った名刺が指先に触れた。

その小さな紙片を取り出しテーブルにそっと置く。

〝生活スタッフ〟との役職らしきものの下に〝宮野杏里《みやのあんり》〟と名前があった。

「杏里さんかぁ……。綺麗《きれい》な人だったなあ……」

ハーフか何かなのであろうか、どこかエキゾチックな甘い顔立ちをしていた。

アーモンド形の瞳が驚くほど大きく、顔の半分を占めていると思わせるほど。

白目と黒目のコントラストがくっきりとしているせいで、そう感じさせるのであろうか。

鼻が高く鼻梁《びりょう》がすっと通っているから、よりはっきりとした顔立ちに感じさせる。

細く尖った顎に唇はぽってりと厚く、どことなく官能的であった。

「もしかして、一目惚《ぼ》れかなぁ……。おんなの人に免疫とかあまりないし……。いや、いや、いや、まだちょっといい感じだなあって思っただけだよ……。おっぱい大きかつたしなぁ……」

我ながらそこに行きつくのかと思わぬでもないが、間違いなく自分はおっぱい星人であることを自覚してしまったのだから仕方がない。

「杏里さんは、お姉さんって感じで、甘えさせてもらえそう……。二十代後半くらいかなあ。多分、年上だよな……。あのおっぱいに埋もれてみたい……」

そんな想像をした途端《とたん》、下腹部がムズムズと疼いた。ぴこんと反応しそうで、思わずそこに手をやる。

コクーンに入って以降、何度かこんな風に疼くことはあったが、これほどはっきりとムズムズするのは初めてだ。

「おっ！　少し反応したか？　大きくなりかけている感じはするけど……」

自らの分身でありながら、久しぶりの感覚すぎて、我ながら物珍しい。まるで精通前の少年に戻ったように、好奇心が先立ってしまう。

第三者のような感覚で分身を観察するうち、醒めてしまったのか血流が滞り、それ以上膨らんでいかない。

「なんだ。だらしないなあ。お前、男だろう？」

なるほどリハビリが必要なのは確からしい。正直、本当に勃《た》つのかも怪しんでいる。

「本当にリハビリすれば、一人前のち×ぽになるのかなあ？」

一人前の男になりたいのか、このままでもいいのか、未だ順平にも自分がどうなりたいのか定まっていない。

ただ、もしかするとこんな自分でも杏里のような美しい女性とやれるかもと思うと血が滾《たぎ》り出すのを確かに感じる。

その予兆が、今のこの感覚なのだ。

4

「早速だけど、初体験してみますか？」

極めて落ち着いた口調には、媚《こび》らしきものは含まれていない。

それでいて容《かたち》のよい薄い朱唇には、蠱惑《こわく》を載せている。

ミステリアスな色気をアンニュイな雰囲気で包み込んだ年上の女性。

それが順平の担当教官となった川崎菜桜《かわさきなお》の第一印象だ。

菜桜の来訪を受けたのは、順平の到着から間もなくのことだった。

「一時間以内に麻宮様を専属《せんぞく》で担当する教官が、お部屋に伺いますので……」

杏里からそう説明され、順平が第一にイメージした「教官」は、戦争映画などによく出てくる鬼軍曹だった。

リハビリ施設とは言いつつも、〝男塾〟とか〝女塾〟などと渾名《あだな》があるので、てっきりマッチョな鬼教官が自分のような青二才をしごきあげるようなイメージがあった。

けれど、部屋のチャイムに呼び出され扉に迎えに出ると、そこに立つのは凛《りん》とした佇《たたず》まいの美しい女性だった。

おやっ？　と思ったのは、どこか彼女の美貌に見覚えがある気がしたのだ。

けれど、それも淡雪の如《ごと》くすぐに消え去った。

たとえ、女性に対する興味が失われているとはいえ、これほどの美女と以前にどこかで面識があれば、覚えていないはずがない。そう思えるほど彼女は美しいのだ。

いわゆるアイスドールと呼ばれるであろう整った顔立ちには、表情が乏しく、とっつき難《にく》い印象を抱かなくもない。

けれど、それを差し引いても、彼女の美しさは恐らく順平が知る女性の中でも一、二を争うであろう。それもTVや雑誌で見かける女優や歌姫なども含めてのことだから、実際に面識のある女性の中では断トツの一位といえる。

(顔小《ち》っちゃ！　小玉スイカよりも小さいかも……。なのに眼、デカッ！)

あまりに印象的な大きな眼は黒曜石《こくようせき》のよう。蠱惑を含んだ眼差しに見つめられれば、順平など容易《たやす》く惑わされるに違いない。

切れ長の二重《ふたえ》に黒いセルフレームの眼鏡が知的美を載せている。

鼻は、日本人らしくさほど高くはないのだが鼻翼が小さく愛らしい。

清楚と言えば清楚。華《はな》やかと言えば華やか。恐らくは、順平より年上であろうが、瑞々《みずみず》しいまでに若々しさに充《み》ちているため、もしかするとそれほど歳の差はないのかもしれない。

とにもかくにも、順平のドストライクであるこの女性が、専属で自分を指導してくれるとは、願ってもないことだ。その美貌を目の当《ま》たり《あ》にするなり、即座に順平の股間がズキュンと疼いたほどなのだ。

(教官って言うよりも、秘書って感じかな……)

女体のラインは、例の水色の制服ブラウスにふわっと包まれていても、それと判るほど胸元を大きく盛り上げている。

もっとタイトなニットでも着ていれば、見事なまでに突出した乳房と括《くび》れたウエストラインが見事であろう。

それでいてヒップが大きく左右前後に張り出していて、目を奪われずにはいられない。

中肉中背ながら、こういう体つきをいわゆる男好きがすると言うのだろう。

互いに名乗り、挨拶も早々に、菜桜は能面のように顔色一つ変えず、順平の心臓を鷲掴みにするセリフを吐いたのだ。

「早速だけど、初体験してみますか？」

あっけらかんと言い放つ菜桜に、順平はなんと答えていいか判らずにいる。

ここは男性機能回復を目的としたリハビリ施設なのだから、その過程で女性と性交渉をすることも予測はしていた。期待半分、不安半分でここまでやって来たのも事実だ。

けれど、いきなりにこうも明け透《あす》けに言われてしまうと戸惑う。自分には女性に対する免疫などまるでなく、どう接していいのかさっぱり分からないのだ。

「いきなりのようだけど、遅かれ早かれセックスすることになるのですし……。肌を触れ合うことで互いを理解できたりもするものです……。それとも私とではイヤですか？」

煮え切らぬ順平の態度に、菜桜がどんどん饒舌《じょうぜつ》になっていく。その様子に、ようやく順平も菜桜が少しは恥じらいを感じているのだと気が付いた。

もしかすると彼女のアイスドールの仮面も、緊張によるものかもしれないのだ。いくら教官などと名乗ってみても、その中身は普通の女性なのかもしれない。恥ずかしさや照れ隠しをない交《ま》ぜにした感情が「早速だけど、初体験してみますか？」に凝縮されているのかもしれない。

「いいえ。嫌だなんてそんな。教官のように美しい人が、僕のはじめての女性になってくれるなんて光栄です。ただ……」

どうしても煮え切らずにいるのは、順平が自分に自信を持てずにいるからだ。

ここまで来ても、本当に自分にセックスができるのか不安でならないのだ。

国が有能力者と判定したのだから、間違いはないのかもしれないが、万に一つということもなくはないだろう。その時に、惨《みじ》めな思いをするのは順平なのだ。

確かに、コクーンに入って以来、下腹部がムズムズして、疼くようになっているのは事実だが、反面、分身がきちんと勃起するのを未だ見ていない。

コクーンが見せた幻の類《たぐい》かも知れないと、どこかで疑ってしまうのだ。

もちろん、そういった弱気まで含めて、リハビリするのがこの施設の目的とは判っていても、いざとなると腰が引ける。

「ああ、もしかして誰か他にしたい人がいるのですか？」

菜桜のその言葉に、ふと杏里の面影が脳裏をよぎった。

やはり自分は、杏里に恋をしているのかもしれない。だとしたら余計に順平は、今の自分から脱皮する必要がある。

杏里と結ばれる自分の姿は想像しがたいものの、それ以前に今のままではきちんと恋もできないではないか。

少なくとも、一人の男にならなくては、異性として見てもらえないであろう。

恋のスタートラインに立つためにも、自分にはこのリハビリが必要なのだと思い定めた。

「いえ……。いや、〝はい〟なのかな？　確かに、ここに来るまでの間に、淡い想いが胸に芽生えたのです。でも、いま判りました。今のままでは僕は、恋をする権利もないようです。だから教官、お願いします。僕を男にしてください！」

こんなことを正直に口にするのは照れくさいが、順平は彼女の前では心まで裸になろうと決めたのだった。

そうすることが、菜桜への礼儀のように思われたのだ。

彼女が政府に雇われる教官であることを差し引いても、何の取り柄《え》もない平凡な学生である順平を男にしてくれるのだから。

その正直な告白が菜桜には殊《こと》の外《ほか》うれしかったらしく、それまでのアイスドールを霧散させ朝霞のようなやわらかい笑顔を振りまいてくれた。

途端に、辺りがパアッと華やぐようで、順平は、眩《まばゆ》いものを見るように目を細めて彼女の美貌を見つめた。

5

「えーと……。じゃあ、あっちへ行きましょうか……。シャワーは済ませてありますよね？」

ほんのり菜桜の頬《ほお》が上気しているのを順平は見逃さなかった。

はじめての相手になってくれる彼女から順平は一瞬たりとも目を離さずに、その一挙手一投足を脳裏に焼き付けるつもりなのだ。

「はい。消毒は済んでいます」

感染症が蔓延《まんえん》する社会では、外出先から戻った際には、シャワーによる消毒が日常となっている。まして受付で、教官が部屋を訪れる前に、シャワー室で消毒をしておくように言われていた。

「私も消毒済みだから安心してください……。ワクチンも接種済みですから……」

それを免罪符に菜桜が順平の腕を取り、やさしくベッドルームへと誘ってくれる。

肘に彼女の豊かな胸のふくらみがぶつかり、それだけで順平はどぎまぎした。

「あの、それから……。私のことを教官と呼ぶのはやめてください……。男女の関係になるのですから……」

「あっ、じゃ、じゃあ下の名前で呼んでもいいですか？　な、菜桜さん……」

横目で彼女の美貌を盗み見ながら順平は、そっとその名を呼んでみる。

「うふふ。はい。順平さん……」

少し甘えたようにそう呼ばれると、新婚にでもなったような気分で、背筋のあたりがこそばゆい。雲の上を歩くような高揚感に包まれた。

部屋の中央を占めるキングサイズのベッドの傍《かたわ》らまでやってくると、おもむろに菜桜はすっとその場で床に片膝をついた。

「順平さんは、何もしなくてもいいのです。王様のような気分でいてくださいね」

傅《かしず》く菜桜は、細くしなやかな腕を伸ばし、順平のチノパンのベルトを外しはじめる。

「リラックスして、私に全てを任せてくださいね……。おんなというものが、どういうものか、たっぷりと味わわせてあげますから……」

チノパンのファスナーを引き下げ、ボタンを外すと、一気にズボンが引き下げられる。さらには、パンツのゴム紐にも手を掛けると、躊躇《ためら》いなく脱がせてくれた。

やむなく順平も順に片足を持ち上げパンツから足首を抜き取っていく。その手早さは、恥ずかしいと感じる隙もないほどだ。

「うふふ。順平さん、子供みたい……」

頬を赤らめながらも明るくクスクス笑う菜桜からは、すっかりアイスドールの印象が霧散している。

「順平さん。おち×ちんもカワイイ……。あん、ごめんなさい。カワイイなんて言ったら気分を害してしまいますね……」

言いながら菜桜の手指が、未だ委縮したままの順平の分身に及ぶ。その幾分ヒンヤリとした感触にビクンと下腹部を震わせてしまった。

「いいえ。菜桜さんにならカワイイと言われてもうれしいです……。でも、ちょっと心配です。本当に僕、勃起できるのかどうか……」

いつの間にか、そんな不安さえも菜桜になら口にできるようになっている。彼女が作る不思議な空気感に、順平が安らぎのようなものを感じているからだ。それこそが、姉さん女房の魅力なのかもしれないと密かに思った。

「大丈夫ですよ。順平さんならきっと……。コクーンでは勃起できたのでしょう？」

「実はそれが定かではないのです。夢の中を漂っていたみたいな感じで……。確かに気持ちがいいとは感じていたのですが、それも幻のように思えて……」

下から順平を見上げる菜桜の眼差し。長い睫毛《まつげ》が儚《はかな》くも繊細でガラス細工のよう。その上目遣《うわめづか》いは、潤《うる》んでいるようにも見え、色っぽいことこの上ない。

「コクーンは脳のシナプスと直結するので刺激が強いのです。そのため幻覚を見ているようにも感じる人も少なくありません。依存症や中毒になる人もいるくらいですから……。けれど、コクーンによる判定は、精度九十九・九パーセントと間違いのないものです。だから、自信を持ってください」

言いながらも、手指だけが別の生き物のように、順平の萎《しお》れた男性器を刺激してくる。やさしく揉むようにしたり、やわらかな掌に擦りつけたりと、海綿体の血流を促してくれる。

「あうぅ……っ。おっ、おうぅっ……。な、菜桜さんの手……気持ちいいっ！」

「コクーンほど強烈な刺激ではありませんが、リアルな感触の方を好まれる男性も多いのですよ。でも、正直、私も上手にできているのか、ちょっと心配……。こんなこと、教官になるための研修で教わっただけで、実地には経験不足で……」

微妙な菜桜の物言いに、順平は男心をくすぐられた。

性欲が戻った大抵の男は、初心《うぶ》さを好む。処女性を求めるつもりはないが、擦《す》れていない方がやはりうれしい。

「経験不足って菜桜さん、教官をはじめて間もないのですか？　こんなことを聞いてはいけないのかもしれないけど……」

下腹部をおんなの人にまさぐられるのははじめてながら、どことなくその手つきにはぎこちなさが感じられる気もするのだ。もちろんそれでも、十分すぎるほどの気持ちよさは感じている。おんなのやわらかい手指に下腹部を弄《もてあそ》ばれる快感を順平は、はじめて知った。

「私もこんなことをバラしてはいけないのかもしれないけれど、実は教官としては順平さんが二人目です。男性経験で言うと四人目かな……。新型ウィルスが流行《はや》る前に結婚寸前まで行った人がいましたけど、それも……」

流行後、新型インフルが原因の離婚や破談が相次いだことは順平も見聞きしている。菜桜もそんな哀しみを美貌の裏に秘めていたのだ。

ミステリアスな色気やアンニュイな雰囲気も、あるいはそういった経験に裏づけされたものなのか。

我ながら単純とは思いつつも、そんな情報の一つ一つが順平に彼女への愛おしさを込み上げさせる。その熱い想いが順平の血を滾《たぎ》らせ、下腹部にも影響を及ぼした。

「うふふ。元気になってきましたね。気持ちよくなってきたのかしら？　ねえ、順平さんは、おんなのどこに魅力を感じますか？」

菜桜が質問に真摯《しんし》に応えてくれた以上、順平もきちんと応える義務がある。

「おっぱいです。大きくて容《かたち》のいいおっぱいに惹《ひ》かれます」

多少照れ臭くはあったが、素直に本心を明かした。

「即答ですね。おっぱいですか……。それもただ大きいだけじゃダメなのですね。〝容《かたち》のいいおっぱい〟なのですね……。どんな容《かたち》がお好みですか？　ティアドロップ型とか、お椀型《わんがた》とか……」

「お椀型が、やわらかそうで好みです。乳輪は清楚な小さめがいいかなぁ……」

思い描いた乳房に反応したわけではないのだろうが、ドクンと分身が疼いた。

「まあ、本当に好きなのですね……。じゃあ、サービスしちゃいますね。順平さんのお好みに合えばいいのですけど……」

言いながら菜桜がブラウスのボタンを外していく。一番下のボタンにまでたどり着くと、スカートの中から裾を引き出し、水色の薄布を脱ぎ捨てた。

まるで露出《ろしゅつ》した繊細なデコルテラインを強調するかの如く、菜桜が自らの背筋に両腕を回す。

純白のふくらみが、今にも濃紺の下着からはみ出しそうな悩ましい眺め。

刹那《せつな》にブラホックが外され、見事なまでに突出した乳房が、ぶるんと空気を震わせて零《こぼ》れ出た。

「うわあっ！」

順平が歓声を上げるのも無理はない。

純白の乳房が惜しげもなく、挑発的に飛び出したのだ。

菜桜の身動きにあわせ、悩殺的に揺れるふくらみは、少し重力に垂れながらも、成熟も極まったやわらかさで、ずっしりと重く実っている。

順平の理想通りのお椀型は、丸みの横幅が広めで胸の間が開いている。

乳暈は好みより若干大きい気もするが、それはそれで艶めかしい。

ロンパリに外を向いた乳首は、乳輪に比較して思いのほか小ぶり。綺麗な円を描いた乳暈の中、清楚な薄紅に色づいている。

「ああ、女性のおっぱいを生で見るのはじめてです……」

これまで、ついぞお目にかかることのなかった生の乳房。ウイルスにより性欲そのものが薄れていたとはいえ、何ゆえにこれほどまでに美しい物体への興味が失われていたのか不思議なくらいだ。

「熱心に見るのですね。その視線だけでカラダが火照《ほて》ってきちゃいます……」

「だって、菜桜さんがきれいなのだもの……それに、凄く色っぽい！」

「うふふ。順平さん、おんなを褒めるのが上手なのですね。おんなって褒められるほどきれいになれるのですよ。お花にお水を上げるみたいに、これからも褒めてあげてくださいね。たとえ、それがお世辞でもうれしいものなのです……」

「お世辞なんかじゃありません。菜桜さんは、物凄くきれいですっ！」

ムキになった順平に、輝くような笑顔が注がれた。

清潔感に溢れ、清楚な印象を漂わせながらも、大胆に事を運ぶ菜桜のギャップに順平は翻弄《ほんろう》され通しだ。

「ありがとうございます。本気で言ってくださっているようですね。このおち×ちんの反応が、その証拠みたいです……」

先ほどから分身が疼きはじめているのを感じてはいたが、菜桜がやわらかく掌で締め付けてくれるからか、あるいは彼女への想いが募るからなのか、下腹部が重く、そして熱く滾っていくのを感じた。

「うおっ！　ぐはぁっ……。あぁ、本当だ！　僕のち×ぽ、膨らみはじめている……。おっ、おうぅっ……。膨らむにつれて、気持ちよさも増幅するようです……」

血液がドッと海綿体に流れ込み、さらに熱を発するのが自覚された。

肉幹に醜い血管が浮き上がり、ドクンドクンと脈打っている。

自分でもグロテスクと感じるくらい分身が変身を遂《と》げることに、順平は恥ずかしさと戸惑いを感じた。清廉《せいれん》な菜桜とグロい肉塊との取り合わせが、あまりにもミスマッチで申し訳なく感じるのだ。

「あの……。すみません。その……我ながら勃起すると、こんなに醜いとは……。気持ち悪いとか思われそうですね」

顔から火が出そうなほど赤くしている自覚がある。にもかかわらず、一度硬くさせてしまうと、容易に勃起は収まらないものと知った。

まともに菜桜の目を見ることができず、顔を背《そむ》けるしかなかった。

「あんっ……。順平さん、謝ることなんてありません。こんな風に勃起してもらうのはリハビリの一環ですし……。確かに、迫力たっぷりで凄いおち×ちんですけど、気持ち悪いなんて思いません。むしろ、逞《たくま》しくて素敵です」

「本当ですか？　こんなに血管が浮き出ていて、ゴツゴツしていて、イボガエルみたいじゃないですか……」

我が持ち物が勃起するのを直視するのは小学生の頃以来で、あの頃は今よりもう少し可愛げがあった気がする。

懸念していたことにはならず、きちんと勃起できたのだから安堵するべきなのだろうが、いかんせんこのビジュアルではと思ってしまうのだ。

そんな順平の思考回路を、菜桜がクスクスッと笑った。

「順平さんって思春期の男の子みたいですね。まあ、仕方がないですね。その頃を当たり前には過ごせなかったのですものね。でも、そんなに卑下《ひげ》することは、ありませんよ。むしろ、自信を持っていいと思います。だって、こんなに大きくて、逞しいなんて……。教官の私が圧倒されてしまうほどです……」

その言葉に勇気づけられ、順平が再び菜桜の美貌に視線を戻すと、讃《たた》えるような眼差しと出くわした。メガネの奥の瞳をシュンシュンと潤ませて、色っぽくも濃厚なおんなの魅力を漂わせている。

お陰で下腹部がドクンと疼き、さらに質量を高めた。根元から切っ先までギンギンに強《こわ》ばって石のように固くなっている。普段は仮性包茎気味に包皮に覆われている亀頭部も、すっかりずる剝《む》けになるほどの強《こわ》ばりようだ。

「あん。まだ大きくなれるなんて、やっぱり凄いです！　こんなおち×ちん、見たことありません……。ねえ、痛くはないのですか？　切ないのではありませんか？」

心配そうに尋ねてくれる菜桜のやさしさが肉塊に沁《し》みた。

「痛くはないですけど、切ない感じはします。もどかしいというか、疼くというか……。やっぱり切ないかな……」

この切羽詰まったような独特の掻痒感《そうようかん》をどう表現すれば伝わるのか。ムズムズ感とやるせなさ。もどかしさと突っ張った感。それら全てがない交ぜになって、順平の下腹部を落ち着かなくさせている。

玉袋のあたりがズンと重くなったように感じるのは、そこに劣情の大本が溜まっているからであろうか。

「だったら、このまま一度射精してもいいですよ。その方が、初体験もしっかりと味わえるはずですから……」

そう言うと菜桜は、床に膝立ちしたまま手早く順平のTシャツを脱がせ、ますます妖しい目をして手を鉤《かぎ》状にすると、指の腹を順平の胸板から下腹部へと、ゆっくりと這わせはじめた。

「な、菜桜さん。あううっ……」

すべやかな手指が上半身を繊細になぞっていく。途端に、全身の総毛が逆立つ。触れるか触れないかのフェザータッチに見合わないほどの快感が、ゾクゾクと背筋を駆け抜ける。

「うあぁ……。菜桜さんの掌、気持ちいい……」

やわらかくもしっとりと吸い付いてくる掌。女性に触られることがこんなにも癒され、心地よく、かつ官能が呼び起こされるものだとは思いもよらなかった。

「何も私の手が特別なのではありません。男の人のごつごつした手でも、おんなは感じることができます……。やさしく、愛情たっぷりに触られると誰しも感じるものなのです」

順平が一人前の男になれるように、菜桜は教官らしく手本を示し教えてくれる。手取り足取りとは、文字通りこのことだろう。

「特に、女性を触るには、やさしさが大事です。いきなり強くなんて、もっての外です。壊れ物を扱うくらいの慎重さで……。はじめのうちはカラダの中心から遠くの方を……。掌のぬくもりを相手に伝えるつもりで……」

体の側面をじっくりと撫でられてから、情感たっぷりに胸板をまさぐられるうち、すっかり順平の緊張はほぐれ、代わりに得も言われぬ興奮が湧き立ってくる。

美人教官のその言葉通り、次第に肌が火照り、その鋭敏さを増していくのだ。

「あうぅっ……あっ、な、菜桜さん……」

掌底でやさしく乳首を擦られると、お尻の穴がムズムズするような、くすぐったくも芳醇《ほうじゅん》な快感が湧き起こり、ツンと小さな乳首が勃起する。

「ほら、可愛い乳首が固くなってきました……。こうなってからが唇でも愛撫していいサインです……」

床に膝立ちしたまま掠《かす》れた声を漏らしていた朱唇が、順平の乳首にあてがわれた。しっとりした唇に乳首を覆われたまま、純ピンクの舌にくるくると乳輪の外周をあやされる。

「あううううぅっ……。あっ、あぁ……」

順平は、乳首がいかに敏感な器官であることを思い知った。あからさまに呻《うめ》きを漏らしてしまうことが酷く恥ずかしいが、どうにもできない。

レロレロと舌先で小さな乳頭をあやされ、朱唇にちゅぱっと吸い付かれると、体の力が全て抜け落ちてしまいそうになる。唯一、肉塊だけがやるせない快感に悲鳴を上げるように、さらにガチガチに硬直を強めた。

それを見透かしたように美人教官の手指が、密林のような剛毛を指先で弄んでから、内もものやわらかいところを擦っていく。

再び分身を擦ってもらえそうな期待を儚くも外されるもどかしさ。内ももや乳首からの焦《じ》れるような快感もあいまって、順平は勃起を断《いなな》かせた。

菊座をムギュッと締め、括約筋《かつやくきん》を使って跳ね上げたのだ。途端に、ドクンと先走り汁が多量に吹き出した。

「あぁ、すごいです！　順平さんのおち×ちん、大きなだけじゃなく、こんなに活《い》きがいいのですね。手も使わずに跳ね上げるなんて……」

菜桜が目元まで赤く染めながら、再び猛々《たけだけ》しい塊に手を伸ばし、太い胴の部分に指を巻きつけた。

「あんっ、こんなにして……。胴回りもさっきよりずっと太い……。私の親指と中指の先が付かないほどです……。硬くって、それに熱い……。ああ、こんな存在感だけで年上の私を圧倒するなんて、おんな泣かせのおち×ちんです……」

何者かへの悋気《りんき》を含んだような口調で囁きながら、思い直したようにしなやかな指先で、隆起した牡肉の力強さを確かめていく。

「な、菜桜さんって僕よりいくつ年上なのです？　とっても若々しくて、僕とそんなに変わらないかなって思っていたけど……ものすごく綺麗だし……。あぐわあああぁ

～～っ。な、菜桜さぁん！」

そそり勃つ分身に巻きついていた手指が、絞るようにきゅっと締め付けた。

「おんなに歳を聞いたりしてはいけません。特に年上の相手には……。でも綺麗って言ってもらえるのは、うれしいです……」

はにかむような表情を浮かべながらもなお手淫快感を送り込んでくれる美人教官。またしても菊座に力を込め、肉塊をビクンと上ずらせた。込みあげる喜悦に、目を白黒させていく。

「ぐふうううぅっ……。そ、それやばいです。そんなに締め付けられると……ぐはああああぁぁ～～っ！」

繊細に男のツボを捉え、あやしてくれるから肉棒がどんどん敏感になっていく。染み渡る悦楽があまりに心地よすぎて、ビクンと脈打たせては鈴口から透明な液を多量に滲ませてしまう。

「ああん。先走り汁がすごくいっぱい……」

粘ついた透明な液を菜桜が先走り汁と呼ぶのを聞いて、順平は「ああ、これが！」と新鮮な驚きを覚えた。

細く繊細な手指をカウパー液に穢《けが》されても表情一つ変えることなく、むしろ肉感的な女体がさらにその距離を詰めさせ、べったりとカラダを擦り付けながらペニスを握りしめては、緩める動作を繰り返す。

その肢体の恐ろしくやわらかいこと。露出された二の腕や肩が順平のあちこちに擦れ、その滑らかさも味わわせてくれている。

豊かな乳房が胸板に擦れるのもたまらない。菜桜のどこもかしこもが、童貞の順平にはもったいなすぎるほどゴージャスであり極上なのだ。

垣間見える白い脛《すね》ですらゾクリとするほど美しい。

(ああ、菜桜さんのおっぱい。凄い！　えっ。ウソっ。乳首が尖っている？)

凄まじい喜悦に女の子のような喘ぎをあげる順平に、甘い悪戯《いたずら》を仕掛けている菜桜も興奮をそそられるのだろう。胸板にやわらかく擦れる乳房の頂点で、乳首がコリコリにしこり勃《た》っているのが感触で知れた。

(気のせいじゃない！　菜桜さんの乳首、勃起している……！)

うれしい発見に心が躍る。それは、美人教官が決していやいや奉仕しているわけではない証しなのだ。

おんなの生理をきちんと理解していない順平ながら、その乳首のしこりは彼女が発情をきたしている証拠に思えてならない。

（ああ、凄いよ。こんなに美しい菜桜さんが、僕のち×ぽをいじりながら発情しているなんて……。もしかして担当教官であることも忘れているのかも……）

夢でも見ているような心地ながら、下腹部から湧き上がる鋭い喜悦は本物だ。

「あぁ、本当に逞しいですね……。私の掌の中で、びくんびくんってしています……。順平さんの逞しい息吹《いぶき》が感じられます……」

ジェリービーンズのような朱唇が、熱い吐息を順平の胸板に吹きつけては、乳首をしゃぶりつける。

竿胴部に浮き上がった血管がドクンドクンと脈打つのが、順平の興奮の証しと感じとっているのだろう。

「こんなに凄いおち×ちんには、もっと刺激が必要ですね……。判りました。もっと気持ちよくしてあげますね」

ますますその眼を潤ませて、美人教官の掌がゆったりとしたリズムで上下運動をはじめる。

赤紫の亀頭をパンパンに張り詰めさせた肉塊は、石のように固く強張り、肉皮のどこにもたるみがないほどだ。その肉幹を彼女の甘手がしごいてくれる。

「ぐふううっ。あっ、ああっ、な、菜桜さん！」

二度三度と上下されると、さらに切っ先から多量の先走り汁が染み出してくる。

菜桜は、それを意図的に手指に絡め、潤滑油《じゅんかつゆ》として利用する。

朱唇を半開きにし、亀頭をねっとりとした目つきで見つめながら、最初はゆっくり、そして徐々に速度を増して上下に手扱《てこ》きを繰り返す。

「どうですか。私、上手にできていますか？　こんなことをするのは、久しぶりだから……。気持ちいいかしら？　強すぎたりしませんか？」

ずりずりと根元から上へ、上からまた根本へとしごきつつ、順平の表情を観察する眼差し。謙虚な口ぶりながら、その視線には男の生理を知るものの自信が秘められている。

「いいです。ものすごく気持ちいい。ああ、菜桜さんの手、最高です！」

「うふふ。そんなにいいですか？　うん。素直でよろしい。ああ、順平さんに、褒められるとうれしくなります。それってあなたの大きな武器ですね……。だって、私、もっと淫《みだ》らにご奉仕したくなっています……」

目元まで紅潮させ、うっとりとした表情で菜桜が囁いたかと思うと、彼女はおもむろに立膝を正座に変化させ、順平の分身と正対するように傅《かしず》いた。

「特別ですよ……。順平さんのおち×ちん、舐《な》めてあげますね……」

相変わらず手指の絡めつけられている肉塊に、急速に美貌が近づいたかと思うと、窄《すぼ》められた朱唇がぶちゅりと鈴口に重ねられた。

「おわあああっ、な、菜桜さぁぁん！」

たったそれだけで、ぞくっと下半身に震えがきた。ねっとりと湿り気を帯びた唇粘膜の感触は、手指以上に気色いい。

「ああ、順平さんのお汁、とっても濃くて塩辛い……」

手指を付け根に移動させ、朱唇は何度も亀頭部を啄《ついば》んでいく。

鈴口からぷっくらと沁み出す先走り汁に菜桜の涎《よだれ》が混ざり合い、肉傘の絖光《ぬめびか》りがさらに増す。

背筋を走る甘く鋭い電流が、順平の太ももを緊張させ、時折腰が浮いてしまう。

「余程、気持ちがいいのですね。腰が落ち着かなくなったみたい……」

あんぐりと開いた朱唇が、天を衝《つ》くほど肥大した肉勃起に覆い被《かぶ》さる。生暖かい感触に亀頭部が覆われたかと思うと、ずぶずぶと肉柱全体が呑み込まれる。

「ぐわあぁぁ〜っ！　の、呑みこまれる！　僕のち×ぽが、菜桜さんに呑みこまれるう〜っ！」

ねっとりした舌の感触が裏筋に絡みつく。勃起側面には口腔粘膜が張り付き、上顎のざらつきに上反りを擦られる。肉柱の半ばあたりを唇が締め付けてくる。

初体験のフェラチオ奉仕。それも菜桜ほどの美人に咥えてもらえたのだから、その心地よさと満足感だけで、やるせない射精衝動が込み上げる。

かろうじて堪《こら》えられたのは、この美しい唇を自らの精液で穢していいものかと憚《はばか》られたからだ。

気持ちよくなることは許されても、射精までは許されていない。間違えたタイミングで射精し、美人教官の不興を買いたくはなかった。

わずかに残された理性を総動員し、順平はギュッと掌を握りしめ、菊座を強く結び、切なく込み上げる射精感を懸命に耐えた。経験などない順平の本能的な危機回避行動だ。

「ううううっ。だ、ダメです。菜桜さん……。そんなことされたら僕……」

危険水域に達したと告げたつもりだが、むしろ菜桜は順平をさらに追い込もうと、その美貌を上下に振りはじめる。

付け根に添えられた手指で、やわらかく締め付け、もう一方の手は陰嚢《いんのう》を掴み取り、やわやわと揉んでくる。

「ぐうぉぉ～～っ！　ダメっ。もうダメです。射精《で》ちゃう。菜桜さんのお口を汚しちやいますよぉ！」

込み上げる射精衝動に、オクターブの高い呻きを漏らさずにいられない。

「そんなに気持ちいいですか？　熱いネバネバが射精みたいに吹き出ています」

肉塊を吐きだし美人教官が艶冶《えんや》に笑う。目元まで紅潮させた扇情的な表情は、色っぽいことこの上ない。

「だって、菜桜さんのフェラチオ気持ちよすぎて……。はぐううぅ〜〜っ」

順平に言い訳する暇も与えず菜桜が亀頭全体を掌で撫で回す。涎まみれになった肉幹をむぎゅっとやわらかく握りしめられ、挙句、裏筋も擦られている。やせ我慢も限界に近づき、発火寸前にまで追い詰められるのも当然だ。

夥《おびただ》しくふき零した先走り汁に濡れた美人教官の繊細な指が、てらてらと下劣なヌメリを帯びながらさらに情熱を増した。

「いいですよ、順平さん。私の手でもお口でも、好きな場所に射精してください……」

朱唇から漏れ出す吐息が、肉勃起の先端に熱く吹きかけられている。漆黒の髪から立ち上る甘く芳《かぐわ》しい匂いも、順平を凄まじく陶酔させる。

慈悲深い許しを得た順平は、甲斐甲斐しくも奉仕を繰り返す美人教官をうっとりと視姦しながら放出のトリガーを引いた。

「うぐぅっ……菜桜さん、僕、もう……」

我慢の限界をとうに超えた陰嚢は硬く締まり、放精に向けての凝縮を終えている。膨らみきった肉傘が猛烈な熱を放ち、悦楽の断末魔にのたうちまわる。

「いいですよ。私がお口で受け止めます……」

終わりを悟った美人教官が再び肉勃起を呑み込むと、その美貌を前後させて順平を射精へと導いてくれる。

まるで若い牡を誑《たぶら》かすことで、成熟した牝がその矜持《きょうじ》を満たそうとするようにふしだらな口淫のピッチが上がり、付け根を握る手指の締め付けも増していく。しわ袋を弄ぶ手指の蠢きも、その淫蕩《いんとう》さを増した。

「ぐわぁぁぁぁ～～っ。で、射精《で》ますっ！　な、菜桜さぁ～～ん！」

精嚢で煮えたぎっていた濁液が尿道を勢いよく遡《さかのぼ》る。

昂奮《こうふん》が正常な呼吸を阻害《そがい》し、体内の熱気が気道を焼いた。

「うんんっ……。むふん……。んふぅ……。ああ、こんなにいっぱいっ！」

吹き上がる精子を喉奥で受け止めた菜桜は、ようやく亀頭部を吐き出すと、口腔いっぱいに撒き散らされた子種を恍惚《こうこつ》の表情で呑み込んでいる。

あまりにも淫らで美しいその貌を眺めながら、順平は射精したばかりの肉塊をぶるんと大きく嘶《いなな》かせた。

6

「凄く濃い精液……。あぁ、濃すぎて私のお腹の中で燃えています……。おんなを火照らせるほど濃い精液だなんて……」

色っぽく頰を紅潮させた菜桜は、唇の端に付着した残滓《ざんし》を薬指で集め、口唇へと運び舐め取っている。

「ああ、ウソっ！　射精してもまだおち×ちんギチギチのままなのですね……。一度射精したくらいでは、物足りないみたい……。こんなに凄いおち×ちんならテクニックなしでもおんなを啼かせてしまいそう……。きっと私も……。順平さんの持ち物は、それくらい凄いものです……」

思春期に入ってからこの方、勃起する能力を眠らされていたお陰で、自分のペニスを逸物と自覚する機会さえなかった。

素直に褒められるのは嬉しいが、ぴんとこないだけに面映《おもは》ゆい。

「そんなに凄いことなのですか？　射精しても萎えないのって……。僕のち×ぽ、普通じゃないのでしょうか？」

普通は射精すれば萎えるものと知っているだけに、実際にそうならない自分がどうなっているのか不安が湧いた。

同時に、自分がひどくがっついているように思えて、恥ずかしくもなってくる。

「うーん。確かに、普通ではないけれど、多分大丈夫かと……。クスリとかを用いて持続状態を続けると心臓に負担がかかると聞いたことはありますが、この場合は……。恐らく、もう一度射精すれば収まると思います。でも、はい。凄いことに違いはありません……」

そこまで言って菜桜が口を閉ざした。喉元まで出かかった言葉を呑み込んだらしい。ポッと頬を上気させているのは、何か恥じらいを覚えたためであろう。

続きが訊きたい順平は、小首を斜めに傾《かし》げ「うん？」と声を漏らして促した。

「いいえ。何だかうれしくて……。順平さんのおち×ちんが、大きくなったままなのは、このまま私と初体験したいからかと思ったものですから……」

美人教官に言い当てられ順平も顔を赤くした。

「そ、それは菜桜さんが物凄く魅力的だから……。リハビリとか関係なく、純粋に菜桜さんとセックスしたいから……。あらためてお願いします。菜桜さん。僕の初めての相手になってください！」

恐らくは性の教官としてここにいる以上、担当する順平と結ばれることは菜桜にとって既定路線なのかもしれない。それを覚悟のうえで順平に臨んでいるから「早速だけど、初体験してみますか？」と言えてしまうのだろう。あるいは、仕事として割り切っている部分もあるのかも。

とは言え、菜桜は、やはり女性であり、恥じらいや躊躇いもあるのだろう。それがアイスドールの印象を与える所以《ゆえん》であったらしい。

そんな菜桜の立場やスタンスをある程度理解した上で、けれど順平は純粋に菜桜と結ばれたいと思っている。

初体験するなら〝この人〟と意気込むほどに、熱い想いが胸に湧き起こっていた。

そんな順平の真剣な想いが、菜桜にも伝わったのだろう。アイスドールの印象などすっかり霧散させ、菜桜もまた一人のおんなとして順平に向き合ってくれている。少なくとも順平は、そう感じていた。

「今、僕の勃起が収まらないのは、きっと、それほど菜桜さんが素敵だからで……」

どちらかと言えば順平は、口の上手《うま》い方ではなく、おべっかも使えない。上手く言葉が出てこなくて、思いの半分も伝えられないことが、もどかしくてならない。もっとうまく伝えることができればと思ってしまう。

菜桜が美しいから、綺麗だから「やりたい！」では、口説きにもなっていない。けれど、そんな飾らない言葉、心から零れ出たそのままの言葉だからこそ、相手の心に沁みることもある。

「それはつまり順平さんが、私のことを望んでくれているということですよね。私のことを必要だと……。うふふ。うれしいです。こんな風に求められるのは、初めてだから。本当に、うれしいです」

潤んだ瞳は、わずかに涙ぐんでいるようにも見える。一つ一つ確認をする美人教官に、順平は大きく頷いて返事を返した。

「うふふ。順平さんは、素敵な男性なのですね……。そのままでとっても〝いい男〟だから、私が指導するまでもなさそうです……。けれど、順平さんにおんなを教える役目だけは私にさせてくださいね。教官としてではなく、一人のおんなとして」

菜桜の慈愛に満ちた眼差しと、しっとりとした微笑が向けられる。それだけで順平の頬が一気に紅潮した。

「あの、それじゃ僕も一人の男として……。すっかり菜桜さんのことを好きになってしまった男として菜桜さんとセックスさせてください……。まだ出会って間もないけれど、僕は菜桜さんに惚れました！」

いい加減なその場限りの言葉ではない。ウソ偽りなく順平の心に浮かんだそのままの想いだ。そして、その思いを口にすることで、より一層、己《おのれ》の分身が固くなるのを自覚した。

「ああん。そんなことを言われたら、もっとうれしくなってしまいます……。それに、いやらしいおち×ちん。また断いています。あぁ、私も子宮が疼いています。順平さんとしたいって……。初めての順平さんに、淫らな私を見られるのは恥ずかしいけど、私も順平さんと結ばれたい」

言いながら菜桜は、ベッドサイドに立ちあがると、自らのカラダにまとわりついている衣服をいそいそと脱ぎ捨てた。

細くしなやかな腕が、自らの後頭部にも回される。丸く窪んだ白い腋下が、やけに艶めかしい。

後頭部で纏《まと》めた髪が解かれた途端、漆黒のセミロングがふぁさりと落ちて、これまで以上に濃厚な色香が華やかに放たれた。

菜桜が黒いセルフレームの眼鏡を外すと、さらに女性らしいやわらかな華やぎが増すとともに、切れ長の瞳の持つ色香が新たに解放された。

（えっ？　ああ、菜桜さんって、あのコクーンの女性？　いや、いや、そんなはずない。あれは僕の好みを投影した理想像で……）

最初に菜桜とどこかで会った気がしたのは、眼鏡を外した彼女がコクーンの映像の女性にひどく似ていたからなのだ。

もしかすると、菜桜が順平の教官に選ばれたのは、順平の潜在意識下にあった好みの女性に菜桜が限りなく近いからであるのかもしれない。

つまり、菜桜に順平があっけなく惚れてしまうのも、当然と言えば当然と言える。

（きっと菜桜さんも知らないことかもしれないけれど、はじめから菜桜さんに惚れるように仕向けられていたのかも……。だから彼女の体つきにも、これほどまでに惹かれるんだ……！）

露《あら》わになった眩い裸身のどこもかしこもが順平の心を鷲掴みにしている。とりわけ順平が目を奪われるのは、やはりその乳房だ。

「あぁ、菜桜さんのおっぱい、やっぱり綺麗です！　美しすぎて目が潰れそう！」

たわわな乳房の芸術的なまでの美しさ。

メーター級もありそうな豊満なふくらみは、見事な丸味を保ったまま熟しきり、それでいて少しの型崩れもすることなく見事なまろみを形成している。

その先端には薄紅の乳輪が、薄く削られた貝殻ほどの段差でプックリと盛り上がり、乳首をツンと尖らせていた。

腰部は悩ましくも大きく括れてから婀娜《あだ》っぽいラインで左右に張り出していく。ふっくらした恥丘には、漆黒の翳《かげ》り。その直下には、菜桜の秘密の苑《その》があるはず。まだ見ぬ秘部を想像するだけで、逆《の》上《ぼ》せて鼻血が出そうだ。

「な、菜桜さん……」

ごくりと生唾を呑みこむ順平に、はにかみつつも艶冶《えんや》に微笑《ほほえ》みながらゆっくりと美人教官が身を寄せてくる。

（ああ、やっぱ菜桜さん、超きれいだぁっ！）

背中の中ほどまである黒髪が、甘く優しい香りをまき散らしている。

その髪がふわりと覆う薄い双肩に、恐る恐る手を運び、そっとこちらを向かせると、菜桜は美しいラインを描く鼻梁をくいっと少しだけ上向かせ、ふっくらと美味《おい》しそうな唇をツンと尖らせるのだ。

童貞の順平にも判るよう「口づけを」と、無言のままねだっている。

（こんなに魅力的な唇とキスをするんだ……。ああ、たまらないよぉ……！）

キスどころか初体験まで約束してくれている彼女に、下腹部がさんざめくように疼きまくっている。

バクバク言い続ける心臓の音を聞かれはしまいかと危惧《きぐ》しつつも、順平はその距離を近づけるため体重を移動させる。

薄目を開けた彼女に少しヒヤリとしながらも、スッと女体を抱きしめ、花びらのような唇に自らの同じ器官を近づけた。

むにゅんっと、やわらかな物体に唇が触れると、そのままべったり押し重ねる。

「んふっ……」

不器用な口づけに美女の小鼻から抗議の息が小さく洩れる。

その吐息さえ甘く感じるほど、いい匂いが女体から押し寄せてくる。

甘く悩ましく、順平の心臓を締め付ける香り。

ほこほこふっくら、そしてしっとりとした唇の感触に、天にも昇らん心地がした。

(すごいっ！　ふわふわで甘々だっ。超ヤバいっ！　ヤバすぎるぅ～～っ！)

胸板にあたる乳房の感触も順平を羽化登仙《うかとうせん》の境地へと運ぶ。ゴムまりともマシュマロともつかぬ物体が、パンと張り詰めていながら、どこまでもやわらかく順平を誘惑するのだ。

口づけしているだけなのに、射精しそうなまでに興奮している。しかも、菜桜の唇は、ひどく甘く、どこまでも官能的で、触れたが最後とても離れられないと思えるほどの極上唇なのだ。

どこで息継《いきつ》ぎすればよいかも判らなくなり、息苦しくなるほどだった。

その間、年上の美人教官は、嫌がる素振りも見せないばかりか、キスを切り上げようとする順平を追いかけ、積極的に後頭部に手を回し、何度となく音を立てて唇を求めてくる。

「むふん、うふぅ……。んむぅ、ほふぅ……」

菜桜の息継ぎに合わせ、順平も空になった肺に酸素を送った。

（ああ、こんなに積極的にキスされるなんて……！）

まるで「キスはこうするのよ！」と教えるかのように、時に順平の唇を舐め、時に朱唇をべったりと押し付けて、自らそのやわらかさや甘さを味わわせてくれる。

「順平さん、キスも初めてですよね？」

息継ぎの合間にそう聞かれ、順平は慌てて首を縦に振った。

「うふふ。だったらもっと私の唇を味わわせてあげますね……」

言いながら美女が今度は、ベーっと舌を伸ばしながら順平の唇を塞いでくる。夢中で順平も口腔を開け、ふっくらした菜桜の朱舌を招き入れる。

ねっとりと甘い舌に唇の裏側や歯茎、歯の裏側まで舐め取られる甘やかな官能。順平も舌を伸ばし、侵入してきた菜桜の舌に絡みつける。

「ん……はむん……ちゅっ……順平さ……ん……好きっ……んっ」

微熱を帯びた濡唇のぬめり。甘い涎が流し込まれ、口の中に牝の味が広まる悦びに順平は声にならない喜悦を爪弾《つまび》く。

「んんっ……ふむん……ほふううぅっ……んむん…ぶちゅるるるっ」

攻守を変えて舌を伸ばし美人教官の口腔内を目指す順平。小鼻を愛らしく膨らませ息継ぎしながら菜桜は、あえかに朱唇を開き口腔内に受け入れてくれる。

彼女の体温を感じ、濡れた舌の感触を味わい、白い歯列の静謐《せいひつ》な感触を愉しむ。

嬉々として菜桜の真似をして、彼女の口腔内を舐めまくるようにして舌を這わせると、彼女も滑らかな舌を、またしてもねっとりと絡み合わせてくれる。

(ぶわぁっ！　舌が絡み合うのって超やばい～～っ！)

舌腹と舌腹を擦り合わせ、互いの存在を確かめるように絡み付ける。

キスの悦びを、順平は震えがくるほどに知った。

儚いまでの女体のやわらかさと弾力にも脳髄を痺れさせている。

すっかり前後の見境を失った順平は、密着した上半身の間に自らの手指を挟み、前に突き出した菜桜の乳房にタッチした。

激しい欲望に釣り合わぬ、おずおずとしたお触り。童貞であるが故の自信のなさと遠慮が稚拙《ちせつ》にもそうさせる。にもかかわらず、掌はその驚くほどのやわらかさと心地よい弾力を余すことなく伝えてくれる。朱唇同様、菜桜の乳房は、触れたが最後、二度とそこから離れられなくさせるほどの魅力に溢れていた。

「んんっ！」

触られた美人教官の方は、恥ずかしげに鼻腔から声を漏らしたものの抗《あらが》おうとはしない。むしろ、大きく胸元を前に突き出し、挑発的に乳房を差し出してくれる。それでいて、その表情はどこまでも恥じらうようで、目元までぽーっと赤くさせていた。

その色っぽい表情に勇気づけられ順平は手指にそっと力を込めた。

「んふぅっ……」

手指に撓《たわ》められたやわらかな物体は、自在にそのフォルムを変えていく。

（お、おっぱいって、こんなにやわらかいんだ……。やばい、手が超気持ちいいっ！）

今まで生きてきた中で一番気持ちのいいものを触っていると、鋭敏な手指性感が告げてくる。

すべすべした乳肌は、どこまでもやわらかいにもかかわらず、ピンとしたハリと弾力に満ちていて、順平をますます虜《とりこ》にさせていく。

「や、やさしく……。触りたいだけ触ってもいいから、やさしく触れてください……」

ようやく互いの唇が離れると、掠れた声で菜桜が囁いた。

はにかむような表情で、じっとこちらを見つめてくる。年上であっても、そこには乙女の恥じらいが滲んでいる。

（ああ、菜桜さんの恥じらう貌《かお》って色っぽい……）

時折垣間見える彼女の大人かわいさに、ピンクの靄《かすみ》のかかっていた頭の中が、少しだけ晴れた気がする。その分だけ、彼女を慮《おもんぱか》る余裕ができた。

「や、やさしくします。大切なものを扱うように、でしたね？　こんなふうにでしょうか……っ」

ありったけのやさしさを乗せ、乳房の側面をなぞっていく。先ほどの菜桜のフェザータッチを思い起こし、繊細な手つきで触れていく。

すると超絶美女が、女神の如くやわらかい微笑みを返してくれた。

「んんっ。そうです。そんなふうに……。指先や掌をギリギリ触れるか触れないかくらいに……。ああ、上手です……。やさしくされると、どんどんおっぱいは敏感になるのです……」

　そう言いながらも菜桜は、いよいよ頬を赤らめている。

　その一方で、小悪魔のようなコケティッシュな表情も見え隠れする。その二律相反するどちらもが、美人教官の素顔であるらしいからおんなは不思議だ。

「んふぅ……だんだんおっぱいが火照ってきて、どんどん敏感に……。あぁ、あん……。こ、今度はやさしく揉んでみてください……ああ、そうです……そうっ！」

　凄まじい興奮に襲われながら順平は生唾をごくりと呑み干し、教えられた通りゆっくりと指に力を入れていく。鉤状に両手を窄ませてから、またもゆっくりと開く。魅惑のふくらみが掌の中でむにゅりとその容《かたち》を変えながらも心地よく反発する。

　先ほどの「やさしくして」との懇願が頭に残り、かろうじて自制させているが、さもなければ、激情のまま貪るように揉み潰していたかもしれない。

「ああ、凄いです。菜桜さんのおっぱい、滑らかで、ふかふかしていて、それに物凄くやらかいっ！　手の中でおっぱいが蕩《とろ》けてしまいそうで、やばいです！」

　しわがれた声で囁くと、紅潮させた頬がむずかるように左右に振られる。

「んふぅ……そう。これがおんなのおっぱいです……。やわらかいでしょう……？　うふぅ……順平さん、とっても上手です……。やさしい触り方に愛情が感じられて

「……あうん……おっぱい、き、気持ちよくなります」

そこはやはり教官らしく、やさしく教えようとする菜桜。それでいて乳房から込み上げるモヤモヤとした喜悦に、美貌を色っぽく蕩けさせている。

（うわあ。菜桜さんが、僕におっぱいを触られて感じちゃっている……）

掌底にぐいぐい乳房を捏ね上げられ、びくんと女体をヒクつかせている。

明らかな反応に調子づいた順平は、側面からふくらみを中央に寄せるようにして、親指の腹を運び、その頂点をぐにゅっと押してみた。

「ああんっ……」

即座に、漏れ出した甘い啼き声。童貞の順平にも、菜桜の乳房性感が妖しく漣立っているのだと判った。恥じらいの表情とは裏腹の反応に、順平はまたも凄まじい興奮に襲われた。

抑《おさ》えようのない情動が湧き起こり、頭の中が真っ白になった。

「菜桜さん！」

再び、その唇を求めようと顔を近づけると、ふくらみを捕まえたままの手に力が入りすぎ、そのまま彼女とベッドに倒れ込んだ。

7

「きゃぁっ！」

美人教官の短い悲鳴がさらに順平の牡本能を焚《た》き着《つ》けて、前後不覚にした。

「菜桜さんっ！」

情熱的に年上美女の名を呼びながら、倒れた女体にのしかかった順平は、鼻先が繊細な首筋に突っ込んだことをいいことに、その白い柔肌にぶちゅっと唇を押し当てた。

「あうんっ！　あっ、あぁっ、順平さぁ〜んっ」

砂糖菓子より甘い声に、拒むニュアンスはない。むしろ、彼女の手が順平の後頭部に伸びてきて、やさしく撫でさすってくれている。

どんなに奔放に振舞おうと菜桜がビッチなどではないと順平は見抜いている。全ては順平の気持ちを高めるためなのだ。

むろん確かめる術《すべ》などないが、こうして互いに素肌を合わせていると、何となく伝わるものがあった。

「菜桜さん。こうしていると、愛しさが湧いてきます……。どんどん菜桜さんのことが好きになります！　こんな調子のいいこと信じてもらえますか？」

「ええ。信じます。順平さんの気持ち、とってもうれしい！　人を好きになるのって時間ではありません。一目惚れも、百年の恋も尊さに変わりないのですから……」

蕩けた表情の菜桜は、やはり大人だ。大事なのは相手を想う気持ちであり、時間ではないと教えてくれている。

「うん。そうですね。愛するって、そういうことですね」

想いが胸を熱くし、さらに体を火照らせる。

「好きだよ。菜桜が、大好きだっ！」

はじめて彼女を呼び捨てにすると、感情がさらに膨れ上がり下半身へと収斂《しゅうれん》されていく。分身が激しく疼き、さらに硬く勃起した。

「順平さん、また硬さが増しています……。もう辛いでしょう？　そろそろしましょうか……。でもここでは危ないですから、もう少しベッドの真ん中に……」

倒れ込んだベッドの端《はし》では、確かに少し不安定で体が落ちそうになる。

促されるまま、順平は四つん這いでキングサイズのベッドの中央にまで移動すると、くるりと体を反転させ仰向《あおむ》けになった。

「うふふ。順平さんって素直でカワイイ……」

クスクス笑いながら、豊麗《ほうれい》な女体も四つん這いになって追いかけてくる。

自在に容《かたち》を変える白い乳房。釣鐘状にふるんと前後に揺れながら窓から差し込む日差しに艶《つや》光りしている。

「せっかくですからもっと順平さんに女体の愛撫の仕方も教えたいのですけど、それは次回に。本音を言うと、私がもうそれどころではなくなりました……。早く順平さんと結ばれたくて……」

菜桜がうれしい告白をしてくれた。そればかりではない。これが最初で最後ではなく、これからも淫らなリハビリを予告してくれているのだ。

「あ、あの……。先に断っておくと私、どちらかと言えば感じやすいというか……。敏感すぎる方なので……。こんなに男前のおち×ちんを挿入したら、恥ずかしいくらい乱れるかもしれませんけど、呆れたりしないでくださいね……」

赤らめていた頬をさらに茹《ゆ》でダコさながらに赤らめる菜桜。余程恥ずかしい告白であったらしく、女体までが純ピンクに染まっている。

「菜桜……」

美人教官があまりに可愛らしく、そんな彼女と初体験できることが無性に嬉しくて、またしても順平は肉塊を嘶かせた。

「ああん。その逞しさが私を淫らにさせてしまうのです……。だって、こんなおち×ちんを見せつけるのは罪作りです。やっぱり私、ふしだらですね……」

うっとりと美貌を蕩けさせ、またしても菜桜の手指が肉勃起を捉える。その誇らしげに天を衝《つ》く肉塊の真上に、むっちりとした美しい太ももが跨ってくる。

「な、菜桜さん……」

緊張で喉が渇いているせいで声が嗄《しわが》れる。

「初めてだから私が上でいいですよね？　その方が、おんながどれほどいいものか味わえると思います」

見惚《みと》れていた順平は、口をあんぐりと開き、ぶんぶんと首を縦に振った。

それを確認した菜桜が、大きな瞳をキラキラと潤ませて、そっと腰を浮かせると、自らの陰部を順平の肉塊と交わる位置に移動させる。

腕を順平の太ももに載せ、やや背後に背筋を反らせ気味にして、女淫を近づけてくるのだ。

「自分から迎え入れるなんて、Hな菜桜が順平さんの記憶に焼き付いてしまいますね……。ああ、でも、構いません。菜桜のこの淫らな姿を脳裏に焼き付けてください。この先、順平さんが、何人の女性と関係を持ったとしても、初めての相手として私が順平さんの記憶にずっと刻まれるのです……。ずっと菜桜のことを忘れられなくなるのですもの、おんなとしてこんなに誇らしいことはありません……」

そんな言い方をしながらも菜桜の眼差しには、まるで聖母のような慈愛が込められている。

「この時間の全てが、順平さんのしあわせな思い出になってくれるとうれしいです」

ふしだらな行為をしているとの自覚からか、半ば興奮気味につぶやく菜桜。引き締まったその細腰をゆったりと運び、男根を迎え入れる位置にずらしていく。

順平の腰の上、菜桜が自らの下肢を折り畳んだまま、左右に大きく太ももをくつろげた。そうすることが大きな肉塊を受け入れるために必要と感じたのか、あるいは初めての順平に、迎え入れる全容を晒《さら》してくれるつもりなのだろうか。

恥ずかしがり屋であるらしい菜桜だから、恐らくは前者だろうと思いつつも、順平の記憶に残ろうとするおんなのサガが、彼女を大胆にさせているのかも知れない。

「あぁ、菜桜……っ！」

すぐにでも肉柱を咥え込んでしまいそうな淫靡《いんび》な光景に、我知らず順平は息を詰めている。首を亀のように長くして起こし、目を皿のようにして視姦する。

「いやです。そんなに見ないでください……。順平さんのHな視線、痛すぎます……。

ううらん。やっぱりちゃんと見てください。菜桜が順平さんのおち×ちんを挿入《い》れてしまうところを……。恥ずかしいけど見てください！」

熱に浮かされているようにつぶやく菜桜。彼女の一方の掌が、順平の肉柱を捕まえ、自らの女陰の中心へと導いていく。

「ああ、菜桜。なんていやらしいことを……。でも、大丈夫なのですか？　僕のち×ぽ、挿入《はい》ります？　こうして見ると菜桜の入口、すごく狭い気が……」

一度射精しているからこそ、少しは冷静に観察できる。

露わとなっている美人教官の秘部は、明らかに順平の想像を超えていた。

ふっくらとした恥丘を繊細な黒い翳が淡く覆っている。さらにその下には、初々《ういうい》しくほころぶ純ピンクの膣口と、その周りを恥ずかしげに飾る花びらのような淫肉が顔を覗かせている。

女性器とはもっと生々しく、グロテスクなものであると聞いていた。けれど菜桜のそれは、新鮮であり、清楚であり、美しくすらある。

可憐そのものの外見に反し、その内部はおんなとして成熟して、複雑な構造があえかに開いた蜜口から覗き見える。

たっぷりと湿り気を帯びた柔襞が幾重《いくえ》にもひしめいて、孔《あな》と呼べるほどの隙間がない。しかもその膣口は、肉幹の胴回りとサイズ違いも甚《はなは》だしいほど小さいのだ。これでは、とても順平の太竿が収まるとは思えない。

初心《うぶ》な疑問にぎこちなく微笑みながらも、美人教官は小さく頷きながらベッドに後ろ手をつき女体を支えた。

「順平さんのおち×ちん、思っていた以上に大きいから自信ありませんが、たぶん大丈夫だと思います……」

いきり立つ肉塊の先端を恥唇にあてがい、上下に滑らせてから蜜口と嚙《か》みあわせる。巾着状《きんちやくじよう》のいびつな環《わ》が拡がり、チュプッと鈴口を咥えこんだ。

途端に押し寄せる人肌のヌメリ。蜜唇と鈴口がキスしただけで、順平の背筋に鋭い喜悦が走った。

「おううぅっ！」

思わず呻きをあげる順平にはお構いなしに、細腰で小さく円を描くようにして、なおも女陰と亀頭部の淫らな口づけを繰り返す。

「このくらいでいいようです……。じゃあ、順平さん。挿入《い》れますね……」

どうやら順平の蛮刀に蜜液を擦り付けていたらしい。順平は無言のまま、ぶんぶんと首を縦に振る。

顔を真っ赤にして爆発寸前の自らの心臓音を聞いている。

緊張で身じろぎ一つできずに、菜桜がどうするのかをひたすら見つめた。

美人教官は後ろに傾《かたむ》けていた体重を戻し、順平の肉塊の上で蹲踞《そんきょ》するように身構えると、その美脚を大きくくつろげさせて、ゆっくりと細腰を落としはじめる。

ぬぷちゅっと湿った水音が響き、温かくもやわらかな粘膜に亀頭部が突き刺さる。

「ぐお……っ」

「んふぅぅっ……んん～～っ！」

順平が喉を唸らせたのと菜桜が小鼻から漏らした声がシンクロした。

「んふぅ……す、すごいです……。お、大っきい……！」

美人教官の細腰がなおもずり下がると、想像以上に締め付けのキツイ粘膜がうねりながら順平のパンパンに膨張《ぼうちょう》した器官を包みこみ、内部へと迎えてくれる。

もどかしいほどにゆっくりと挿入されていくのは、肉塊の質量が菜桜の予想を上回っていたからに相違ない。

「ん、んふぅっ……んんっ、はうぅっ！」

苦しげな吐息を漏らしながら、一ミリずつ着実に順平の分身を呑み込んでいく。

蜜口はパツパツに拡がり、肉管はミリミリッと音が漏れてきそうなほど狭隘《きょうあい》を極めている。

相当な膨満感や異物感に苛《さいな》まれているのか、菜桜は眉間に深い皺を寄せ苦悶の表情を浮かべていた。

「つく……順平さんのおち×ちん、ううう……大きいッ！」

やわらかくも窮屈な媚肉鞘《ざや》は、入り口がゴム並みに幹を締め付ける巾着であり、内部も相当な狭隘さで侵入した肉柱にねっとりとまとわりついてくる。しかも、肉壁は蛇腹状であり、さらにはうねくる複雑な構造とやわらかくもざらざらした感触で順平を魅了するのだ。

「す、すごくいいですっ。ああ、おま×こって挿入《い》れるだけで、こんなに気持ちいいのですね！」

凄まじい官能が背筋を駆け抜け、射精寸前の危うい悦楽が全身を痺れさせる。

「あ、あぁ……くふぅ、ううっ……順平さんもすごい……苦しいくらいに内側から広げられています！」

それでも菜桜はひるむことなく迎え入れを止めない。狭い膣孔も、その柔軟性は高く、しかも汁気たっぷりであるため、先に進めることができている。

順平に初体験させてあげたい一心で、ここまでしてくれるのだ。

「な、菜桜。ムリしなくていいですよ……」

菜桜の苦しげな様子に、もう少しでその言葉を吐き出すところだった。

「あんっ、あううぅっ！」

噤《つぐ》まれていた朱唇がほつれ、順平の耳を蕩かせる甘い嬌声が零れ落ち、ほっそりした頤《おとがい》がぐんと天を仰《あお》いだ。

全身から性熱を放射させ、声を淫らに掠れさせ、菜桜は跨った腰の上、さらに両膝を蟹足に折る。

巨大な質量の勃起が、ずぶんっと根元まで呑みこまれる。順平のお腹に両手を置き、全体重を預けるように腰を落としたのだ。

「はうううっ！」

まるでローションを塗《ぬ》りつけたビロードに肉柱を漬け込んだよう。肉幹の裏筋を、にゅるにゅるっとやわらかく包まれながら短い襞に舐めまわされている。甘く狂おしい愉悦。未知の快楽に、屹立肉が溶け崩れてしまいそうだ。

「うあぁ～～っ。や、やばい。菜桜の膣中《なか》が気持ちよすぎて、うふううううっ！」

悦楽と感動に咽《むせ》ぶ順平に、艶然《えんぜん》と美人教官が微笑んだ。

「んふぅ……。順平さん、童貞卒業おめでとう……。いま二人は一つに結ばれました。

大きすぎるおち×ちんだけど、全て私の中に……」

「う、うん。僕のち×ぽが、菜桜のおま×こに、ぶっさりと刺さっています……。すつごく、あ、温かくて、キツキツなのに、やわらかです!!」

結合したまま二人は見つめあい、呼吸を整えようとじっとしている。いつの間にか二人とも汗まみれになり、部屋の湿度を大きく上げている。

「順平さんだって逞《たくま》しい……。男前のおち×ちんに少しでも気を抜くと、イッてしまいそうなほどです……」

大きな質量は、成熟した肉体をもってしても圧倒的であるらしい。

充溢感《じゅういつかん》に驚いた媚肉が、美人教官の意思を離れ、勝手にひくひくと蠢いている。しかも、意図的にやっているのか、肉孔がきつく締まったり緩《ゆる》んだりするのだ。

「ああん。なんて凄いのでしょう……こんなのはじめてです……うっ、あうぅっ……。ほ、本当にイッてしまいそう……」

肉棹の胴回りと長さに菜桜が艶尻を震えさせている。その熱さ、その硬さ、そしてその質量に圧倒された膣襞が、なおも淫らな蠕動を繰り返す。

「す、すごいですっ。教官である私のおま×こが、覚え込まされています。順平さんの容《かたち》に作り替えられていくみたい……」

あらかじめ明かしてくれていたように、菜桜のやや過剰過ぎるまでに敏感な素肌は、貪欲なまでにその官能を甘受している。

苦悶とウリ二つの表情は、苦痛のそれではないらしい。押し寄せる官能に、息を詰まらせ、額に眉根を寄せ、朱唇をわななかせているのだ。

(菜桜ざんがおんなの貌になっている。なんて淫らなんだ。でも、超きれいだっ!)

真っ赤な顔でされるがままでいた順平は、ついに堪えきれずに引き締まった腰をぐんと突きだした。

付け根ギリギリまで咥え込ませたい男の、本能に身を委《ゆだ》ねたのだ。

「はうううううっ!」

美しい鼻筋が、くいっと天を仰いだ。

予期せずに順平に突き込まれたお陰で、女体に力が入らなくなったらしい。奥深くまで貫《つらぬ》かれたまま、全体重を預けるように順平の上に座り込んでしまっている。

「ううぅっ! お、奥まで届いています……。私の子宮に、届いているの判りますか……? あぁ、こんなのはじめてです」

悩ましい喘ぎをあげて菜桜が、子宮底に鈴口が達している感覚を教えてくれる。

確かに、軟骨のようなコリコリが鈴口に当たっているのが判った。

「凄いです！　根元まで挿入《はい》ると、余計に気持ちいいっ！　僕のち×ぽが全部、菜桜の膣中《なか》に！」

「ええ。そうです。いかがですか菜桜のおま×こは、気持ちいいですか？　これからの数日、もっとエッチなことを教えてあげます。こんなに私でよければ、いつでもさせてあげます」

上体が倒れてきて、うっとりした表情が感激に震える順平の顔に近づく。あらためて向き合うと、紅潮した頬をつやつやさせた菜桜の妖しい美しさに、激情が込み上げてくる。

「ああ、カワイイ……。顔を真っ赤にさせて赤ちゃんみたいです……。うふふ、私の順平さんっ」

慈愛の込められた女神の口づけが、順平に贈られる。そのぷるんとした感触と甘さをたっぷりと味わわせてくれる。

「ねえ、また菜桜のおっぱいに触ってもいい？」

菜桜に習い順平も敬語をやめておねだりする。

「うふふ。おっぱいがお望みなのですね。どうぞ……。このふくらみは、しばらくの間、順平さん専用です……」

許しをくれた美人教官は、順平が触りやすいように、再びその上体を起こしてくれる。その無防備なふくらみに、順平は嬉々として下から手を伸ばした。

指が乳房の丘陵に触れた途端、磁石のように吸いついて離れない。否、離すことができない。吸いつくような滑らかな感触。湿り気があり、それでいて温かく、順平の指ばかりか心までを吸い寄せて離さないのだ。

「初めての僕に、菜桜のこのおっぱいは贅沢すぎるよね」

これほどゴージャス極まりないふくらみに、学生風情《ふぜい》の自分如きが触れていること自体信じられない。それも彼女の媚肉の中に分身を埋め込んだまま生乳房を味わっているのだ。

「はああ……」

眼を閉じて顔を横に向けた菜桜が、悩ましく息を吐いた。掌の中、やわらかく動くふくらみを順平がやさしく揉み潰したからだ。

指先が乳肉に埋まるたび、薄く朱《しゅ》に染まった乳房が、プリンのようにプルプルと揺れた。

「ああ、もうだめですっ。もう我慢できません……。おっぱいの火照りが、おま×こにまで伝わって疼いて……。はしたないですね。私、発情しています……。動かしてもいいですか？　順平さんも、いつでも膣中《なか》に射精してかまいませんから……」

胸元から湧き起こる甘い快楽に負けた菜桜が、くんと蜂腰を蠢かせた。

身悶えた腰つきが、そのままムチを打たれたかのように前後運動に変化する。

ねちょっと勃起がひり出されては、ぬぷぬぷっと呑み込まれる律動に、一気に順平の性感も高まる。ただでさえ上がっている体温が、さらに上昇し、理性が粉々に砕かれて、吐精だけが頭を占めた。

「うあああっ、な、菜桜ダメだよぉ。そ、そんなあぁ……」

突如はじまった腰つきに、順平は慌てて歯を食いしばった。そうでもしなければ、すぐにでも漏らしてしまいそうだ。

その妖しい嬌態も順平を崩壊へと促す。下半身の動きと肉感は、エロすぎるほどふしだらだ。

「少し動かしただけで、こんなに気持ちいいなんて……。も、もう、私、イッてしまいそうです……。うふぅ、あぁ、あっ、あぁん……いいの。たまりません……」

切なげに啼きながら、お腹をうねらせ蜂腰を前後させる美人教官。貪欲に喜悦を貪る律動に、なす術もなく順平は翻弄されていく。

「セックスってこんななのだね。おま×このなかを出たり入ったり……」

亀のように首を伸ばし、艶めかしい交合の眺めを視姦しては、固唾《かたず》を飲んでいる。それは順平ばかりではないらしく、年上の美人教官も、あまりの生々しさに強張らせた頬をひどく紅潮させている。

「ああ、こんないやらしい……。これでは動物の交尾と変わりませんね……。あっ、あああん……恥ずかしすぎるのに、気持ちいいのが止まりません……」

後ろ手で支えた上体を反らし、容《かたち》のいい豊かなふくらみを高々と突きだして、艶やかな蜂腰を揺すらせて快感を貪る菜桜。その悩ましい腰つきに、我知らず順平も腰を突き上げている。

本能に任せた抽送は、どこかギクシャクしてお世辞にもスムーズとは言えない。けれど、ありったけの情熱と愛情を込めた抜き挿しだ。

「いい。ねえ、もっと……。ねえ、もっとしてください！」

扇情的な求めを朱唇から漏らし、悩ましい腰つきがさらに速度を増す。

ゆるやかなフラダンスのような腰の動きが、徐々にリズムを上げ、やがてはロデオのような激しい腰つきへと変化するのだ。

「すごいの。ねえ、順平さん、とってもすごいの……。ああ、やっぱり私、こんなに乱れています……。あっ、あっ……はしたない私に引かないでくださいね……」

美貌をくしゃくしゃにさせてよがる菜桜は、凄絶なまでに淫靡でありながらも、どこか清楚であり品のよさも残されている。

「ぐわあぁっ、ぶふうぅぅ！　あっ、あぐぅ……。やばいよ、菜桜。そんなに腰を振っちゃぁ、僕だめだよっ……。めちゃくちゃよすぎて……っ！」

本能に任せた順平の上下動に、菜桜の前後に揺らめく腰つきが加わると、蕩けるような快美が何十倍、何百倍、否、何万倍にも膨れ上がる。

順平が泣き言を吐いても、菜桜の危うい腰つきは止まらない。美人教官もまた強烈な官能に囚われて、ふしだらな腰振りを制御できないようだ。

菜桜が腰を高々と持ち上げれば、竿を覆う表皮が上方へ引っ張られ、雁首《かりくび》に熱く擦られる。逆に彼女が蜂腰を落とせば、亀頭から付け根までをうねる膣内粘膜に擦られ、真空状態に近い膣孔に肉竿全体をバキュームされる。

徐々に慣れてきた順平の突き上げもスムーズになり、くちゅくちゅと淫らな水音を奏《かな》でている。

（すごい！　あんなに美しい菜桜が、僕のち×ぽでどんどん乱れていく……！）

男にとってこれほど嬉しい光景はない。折り紙付きの絶世の美女が、自らの分身に溺れ官能の表情を見せてくれるのだ。

扇情的なおんな振りに射精本能をいやというほど煽られ、気が付けば順平の肉棹はやるせないほどさんざめいている。

「あぅんっ……ああ、いいです。たまりません……。どうしましょう、こんなに淫らに腰を振って……。恥ずかしいくらいに、順平さんのおち×ちんに夢中になっています……あっ、あん、あはぁ……」

菜桜にも絶頂の波が近づいているらしく、順平を慮る余裕も消え失せている。

ついには、自ら腰を上げては、蜂腰を落とす上下の動きで、激しいよがり声をあげている。ぢゅっぷ、ぢゅっぷと淫らな水音を立てさせ、自らの子宮口に順平の切っ先を打ち付けて、湧き上がる恥悦に陶酔するのだ。

「ああ、恥ずかしすぎます……。逞しいおち×ちんにこんなに我を忘れてっ！　早く、早く射精してください……でないと菜桜、ああ、イクぅ……。菜桜、イッちゃいます……。順平さんの童貞おち×ちんで、恥をかきますっ！」

その瞬間、ゴージャスな女体が順平の体にべったりと寄り添った。

つるすべ美肌の温《ぬく》もりともっちりしたやわらかさ。大きな乳房が胸板に潰れる得も言われぬ感触。順平の顔には、振り乱された雲鬢の甘い香り。汗まみれの女体から漂う発情メスのフェロモン臭。おんなの魅力の全てを味わいつくし、陶然と順平は尻を浮かせて、突きまくる。

「イクっ！　イク、イク、イクぅぅぅ～～っ！」

清楚で凛としていた美人教官をアクメさせたのだから興奮しない方がおかしい。その満足と悦びが、やるせない射精衝動に変換され、皺袋に蓄積された。

「僕も！　菜桜。僕も射精《い》くっ。ああ、菜桜ぉ～～っ！」

「きてくださいっ！　お願いです……。私の膣内《なか》に……。はぁんっ……順平さんの精子で私の子宮を満たしてくださいっ！」

淫情に煙る妖しい瞳で美人教官が受精を求める。細腕が首筋にすがりつき、ゼロ距離に絡みついてくる。うっとりと順平は、悩ましいイキ貌を視姦しながら、激しい突き上げを繰り返す。

「はうん！　あん、あん、あぁ。イクっ！　菜桜、イクのぉ、またイクぅ～～っ！」

「射精《だ》すよ！　ぅあぁぁ～っ、なぁおおおおおぉ～～っ！」

やるせない衝動に急き立てられ、順平は最後の突き上げを送った。

本能の囁くまま、美人教官の最奥に切っ先を運び、縛《いまし》めを解いた。

礫《つぶて》のような一塊となった精液に、肉柱をぶるんと媚膣で震わせる。

堪えに堪えていた射精感が、腰骨、背骨、脛骨を順に蕩かし、ついには脳髄まで焼き尽くす。

「ぶふううううっ、ぐふうっ、ゔおぅっ、お゛ぶふぅぅぅぅっ……」

吐精の喜悦に荒々しい息が漏れる。初体験の充実が、あらためて胸に込み上げた。

(ああ、射精《で》ている！　菜桜のなかに……。美人教官のおま×んこで初体験、初中出ししちゃってる……！)

その事実を噛み締めるだけで、愉悦が百倍にも千倍にも膨らんでいく。

射精痙攣で肉塊が躍るたび、菜桜も淫らにびくびくんと太ももを震わせた。

「あはぁんッ、熱いですっ……順平さんの精子熱い……ああ、子宮を灼《や》かれています
……んふぅぅっんん」

たっぷりと耕した牝畝《めすうね》の隅々《すみずみ》まで愛の胤《たね》をまき散らかす悦び。激しい動悸《どうき》と種付けの満足に、鮮烈な色彩が目の前をくるくる回る。

「気持ちいいよっ！　菜桜のおま×こが僕の精子を吸い出してくれている」

「ああ、順平さんの精子、さっき、お口にあんなに出したのに……。子宮が溺れてしまいます……。ああ、でも、気持ちいい……熱いのでいっぱいに充たされて……」

啜《すす》り泣きをこぼす朱唇が、順平の口を覆ってくる。

順平が舌を伸ばすと、菜桜は口を開けて舌を差し出してくれた。

舌を絡め合い、唾液を混じり合わせ、湿った音色を奏でていく。順平は豊麗な女体をぎゅっと抱きしめ、なおも腰を捏ねるようにして挿入を深めた。

唇も、カラダも、互いの性器も、そして心までもべったりと密着させ、どこまでも一つに溶けあった。

第二章　人妻世話係の妊活

1

「ねえ。菜桜が感じるのはどこ？　おっぱい？　それともおま×こ？」

ベッドの上、全裸の超絶美女を対面座位で貫いたまま質問している。

優しく背筋を撫で擦りながら乳肌にぷっと吹き出した汗の粒を舌先で掬《すく》う。

「あぁ、なんていい匂いなのだろう……。やっぱり菜桜のおっぱいは甘い香りっ！」

勃起不全に悩む世の男どもでも、この薫香を嗅いだ途端、立ちどころに復活を遂げるのでは、と思うほどのフェロモン臭だ。

成熟した女体が放つ男を誑かす牝臭に、順平は酒も飲んでいないのに酔っぱらった気分でいる。

「あん！」

自分から訊くだけ訊いて、返事も聴かぬうちに乳房への狼藉《ろうぜき》を振るう。そんな自分勝手な若牡に、菜桜は大人しく身を任せてくれる。

都会とは違い真夏の太陽が落ちると、クーラーなど入れずとも心地よい海風が部屋の窓から吹き込んでくる。

それでも汗みどろに女体が濡れているのは、今日は既に一度、肌を交わしたからだ。初体験を済ませてからというもの、昼も夜もなく順平のリハビリと称しては、互いのカラダを貪りあっている。

「あっ、順平さん、そこ、あぁっ、そこが感じます……」

本来、一日のリハビリの時間は、三時間ほどと決められているそうだ。

いくら菜桜が専属の担当教官であっても、ずっと順平に付きっきりでいなければならない理由など彼女にはない。むしろ、順平の方が菜桜を離さずにいるために、付きっきりとなっているのだ。

不能と思われていた男性機能は、今ではウソのように蘇《よみがえ》っている。

むろん菜桜の魅力に反応しているのだが、のべつ幕なしに男根を腹に着くほど勃起させては、麗しい美人教官の肢体を求めるのだ。

「逆に壊れちゃったのかなぁ……。病気とか……？　長いこと使ってこなかったから、その分を取り戻そうとしているのかも……」

我ながら呆れるほどの絶倫さながら、勃起しないよりもした方が、余程人生の悦びを享受できると達観《たっかん》している。

つまりは、菜桜の女体自体がその妙薬であり、その存在がリハビリを促す発奮材料であることを順平はつくづくと悟った。

「病気なんてことはないと思いますけど……。反対に、健康じゃないとできないことですから……」

「そっか、確かに。じゃあ、やっぱり、それだけ菜桜が魅力的だからだよね。こんなにいやらしいカラダしているのだもの。殊更《ことさら》、健康な男には毒だよ」

実際に菜桜の存在は、絶大な効き目を持つクスリであると同時に、中毒を伴《ともな》うくらいの劇薬であるらしい。その証拠に、もはや順平は、菜桜なしでは生きられないと思うほど骨抜きになっている。

菜桜の方も、求められれば求められるだけ応じてくれるのだから満更《まんざら》でもなさそうだ。

「むしろ、私の方が壊れているみたいです。順平さんにイカされ通しなのに、またして欲しくて仕方がありません……。いい歳をして若い男の子に発情するなんて、牝獣みたいですよね……」

おんなは三十路《みそじ》を過ぎると性欲が増すと聞くが、菜桜の場合はどうなのだろう。

男の機能不全を引き起こした新型ウィルスも、おんなには、さほどの悪影響を及ぼすことはなかったと聞く。むしろ、男が相手をしてくれなくなったせいで、世のおんなたちは欲求不満を募らせているそうだ。

それを何とかしろと突き上げられた政府は、法律を改正してまで有能力者の一夫多妻を認めたとも聞いている。

（いい歳をしてって、実際、菜桜っていくつなのだろう……？　全然、三十路にだって見えないけれど……）

未だに、年齢をきちんと教えてくれないが、その口ぶりから三十代半ばにはあるらしい。

確かに、菜桜は時折自らをはしたないとか、淫らであるとか蔑《さげす》むようなことを口にするが、実際はビッチであったり、淫乱であったりするわけでもない。

むしろ、恥じらい深く、お淑《しと》やかであるからこそ、自らのことをそんなふうに言ってしまうのだろう。

（にしても、どうして菜桜は教官なんて仕事をしているのだろう……？）

一度それを尋ねてみたが、彼女は自分のことをあまり話したがらないたちのようで、曖昧《あいまい》にはぐらかされてしまった。

「麻宮様を担当する教官は、翻訳家としての貌も持つ才媛なのですよ」

まるで我がことのように誇らしげに教えてくれたのは、杏里であっただろうか。

すでに翻訳家として活躍しているのであれば、難しい国家資格を得てまで教官になる必要もないように思われる。

確かに教官は、数々の難関を突破しているため、その収入は高いと聞いている。

むろん、高級娼婦や風俗嬢とは異なる存在で、必ずしもその肉体を有能力者に対し供する必要はないらしいのだ。

あとから聞いたことだが、政府は例のコクーンを活用してのリハビリを推奨しているらしい。なのにどうして菜桜は、自分にカラダを許してくれたのかも謎だった。

それも一度訊《き》いてみたが「それは、順平さんにビビッときたからです……」と、適当にあしらわれ、きちんと教えてはくれなかった。

（男漁りをしているわけでも、ビッチでもない菜桜が、どうして教官になんてなったのか……。しかも、いきなり僕に身を任せてくれたのはどうしてか……いつかそれを教えてくれる日が来るのかなあ……）

そうあって欲しいと念じながら順平は、菜桜の乳房をまさぐっていく。

「あっ、あぁ。順平さん、判りますか？　私のおっぱいがワンサイズも大きくなっていること……。無意識のうちに順平さんを誘惑しようと張りつめているのです」

それには順平も気づいていた。けれど、それは順平が弄び過ぎた結果でもあり、だからこそ、その感度もぐんと上がっているのだろう。

「んんっ！」

つるんと剝《む》き玉子のような乳肌は、オイルがまぶされているかの如くに汗まみれ。しっとりと濡れた感触が掌にぴちっと吸いついてくる。

手の中で揺れる途方もないやわらかさに舌を巻きながら、順平は掌を下乳にあてがい直すと、その容《かたち》を潰すようにむにゅりと揉みあげた。

よほど肉房に湧き起こる快感がたまらないのか、きゅんっと女陰が順平の分身を締め付ける。

「あんっ……ふむうっ……ううん……」

スライムを詰め込んだようなやわらかさ、スポンジのような弾力、そしてゴム毬《まり》のような反発力が、心地よく手指の性感を刺激してくれる。

ふくらみの下乳から輪郭に沿って、今度は表面をぞぞぞっとなぞり上げてみる。

反対側の乳房には、副乳のあたりに掌をあてがい手の温《ぬく》もりをやさしく伝える。

「おっぱいを感じさせるにはどうすればいいの？　菜桜はどう触られたら感じる？」

やりたいだけやって満足するばかりではなく、菜桜の女体を教材に、おんなの責め方を教わっている。

それも教官の役割と考えている菜桜だけに、聞かれれば答えざるを得ないようで、美貌を赤く染めながらも応えてくれる。順平には、それがまた可愛らしく映り、意地悪するように聴いてみるのだ。

「おっぱいは繊細なのです。いいえ。おんなのカラダはどこも繊細です。だから闇雲に揉んだりしても感じたりしません……。まずは、やさしく表面を撫でたり、焦らすように舐めたり……。とにかくやさしく扱われると、気持ちよくなりやすいです」

「そっか、やさし〜くね……」

教えられた順平は、掌を鉤状に曲げ、その指の腹だけを乳肌に触れさせて、その表面をなぞっていく。

もちろん、教官の腕のよさもさることながら、比較的、器用な部類の順平だから、好きこそものの上手なれで、どんどん腕を上げている。

時に、脳裏に焼き付けてあった菜桜の手つきを思い出しながら、やさしく容《かたち》のよい乳房に触れるか触れないかのフェザータッチを施《ほどこ》していく。

（焦《あせ》らずに、じっくりと……。やさし〜く愛情たっぷりに……）

頭の中で呪文のように繰り返し、乳肌の下に隠されている性神経を探るかのような手つきで触る。焦らすつもりもあって、乳首への愛撫はあえて控えている。

「んふぅ……ああ、だめです……。いま私のおっぱいは敏感過ぎで……。あはぁ……んっ、んんっ」

羞恥《しゅうち》しながらも艶やかに乱れる美人教官に、我慢ならなくなった順平は、やむなく口腔を解禁した。

手指の及ばない方の乳肌に唇を這わせ、ムリに首を捻《ね》じ曲げて舌を伸ばしながら吐き出した息を吹きかける。側面から下乳にかけて舌先をゆっくりと進めた。

「ひうっ！　んふぅ……あぁっ、やさしいのに感じます。ぁあん、あっ、あぁ！」

舌で円を描き、乳暈に触れるか触れないかの、きわどいところで戯れる。そんなやさしい愛撫にも、菜桜は細腰を捩《よ》じらせて喘いだ。

「すごくすべすべ。それに甘い！」

汗に濡れた乳肌に、塩味と微かな酸味を感じる。それでいて、ほんのりと甘みを感じさせるのは、皮下から湧き上がる体臭がそうさせるものか。

「ああ、菜桜のおっぱい、美味しい！　この乳首も美味しいのかなあ？」

「ああん、吸ってください……菜桜の乳首……焦らされ過ぎて疼いています。順平さんに、吸って欲しいとこんなにいやらしく大きくさせて……」

濃艶な色香を発散させる菜桜に、ついに順平はその誘惑に負け、乳首へと唇を近づけた。

「ぢゅちゅちゅッ!!　最高に美味いしいよ……。乳首、感じているのでしょう？　こんなにいやらしく尖っている……！　うわあ、根元からそそり勃っているよ！」

まるで乳房の付け根から乳首までが、美しく大きな円錐《えんすい》を成しているようだ。

「んふん、んんっ……あはぁ…だ、だめですッ……。そんなに、強く吸いすぎては……乳首が……あはんっ……硬くいやらしく乳首が……つく……は、恥ずかしいっ」

乳首同様、菜桜の瞳までもが、とろりと濡れている。清楚な顔立ちが悦楽に蕩《とろ》けると、ひどく扇情的になる。それでいて菜桜の美しさは、いささかも損なわれない。

「ああん、私、あさましいですね……。おっぱいをこんなに敏感にさせて……。あっ、はぁ……まだ弄《いじ》るのですか？　あぁん、私の乳首がこんなになるのを見たことがありません……」

自らの乳首をとろんと潤んだ瞳で見つめながら菜桜は派手に感じまくる。己《おの》が淫らさを自覚すればするほど恥じらいと昂奮が入り混じり、エロ反応が増していく。

「あふぅっ、あはぁぁ、んぅうっ……。もうダメですッ、切なすぎちゃう……ひぅっ……っくぅん……お、おっぱいが破裂しそう！」

乳房が奏でる官能は、もはやアクメに達してもおかしくないまでに膨れ上がっているらしい。否、初期絶頂に軽くイッているのだろう。美しく引き締まった肉体のあちこちに媚痙攣が起きているのがその証しだ。

朱唇をわななかせ、額に眉根を寄せて身悶える美人教官。その貌に見惚れながらも、菜桜に絶頂が迫っていると見抜き、順平は掌を彼女の股間へと伸ばした。

「あぁっ、順平さん、もう降参ですっ。これ以上、私を辱《はずかし》めないでください……。イキそうなのです……今はしたないおま×こを弄られたら私っ……」

泣きださんばかりに潤んだ瞳は、けれど期待するかの如く妖しい光を含んでいる。すっかり発情した女体を、切ないまでに疼かせているのだろう。時折、腰をもじつかせたり、長い脚を伸ばしては縮ませたりするのも、密かに勃起の付け根に肉萌を擦りつけているからだ。

「菜桜は、イキたいの？　それともイキたくないの？　すっごく、もどかしそうにしているよ。素直に僕に教えてよ」

「ああん。順平さんの意地悪……。恥をかく姿なんて見られたくありませんっ……。で、でも、もどかしいのです……。おま×こがジンジン疼いています……ああ、私を……。菜桜をイカせてください……。順平さんにアクメさせて欲しいっ！」

美貌を真っ赤に紅潮させながらも美人教官が、その本音を吐いた。

「うん。判った。それじゃあ、そろそろ動かそうか……。たっぷりおま×こをち×ぽで突いてあげるから、ちゃんと菜桜はイクんだよ！」

そう言い聞かせた順平は、絶頂を兆している美女の背筋を抱きかかえるようにして、そのままベッドに着地させた。

途端に、すらりとした美脚が順平の腰に絡みつく。より深いところで精液を浴びようと牝の本能がそうさせるのだろう。

ふたりは恋愛のプロセスを飛ばして結ばれているからこそ、互いを貪るようにこれほどまでに性悦に酔ってしまうのかもしれない。

教官であるはずの菜桜ですら現実を見失っているようなのだから、女性に免疫のない順平がこうなってしまうのも当然と言える。

（現実なんてどうでもいい。こんなに美しい菜桜が、これほど淫らに僕とのＳＥＸに耽っているのだから……）

込み上げる激情に順平は、唇を差し出した。美人教官も、うっとりとした表情でそれに応じてくれるのだった。

2

「ご気分は、いかがです？」

ベッド脇に立つ白衣の女性が、やわらかい声で尋ねてきた。

あまりに若く美しく、白衣を着ていなければ、とても医者に見えない。

突然、順平が体に不調をきたしたのは、昨日の夜更け過ぎのことだ。「非番の今夜は、どうしても家に帰らなくては……。翻訳の締め切りが迫っていて……」と、菜桜が順平の部屋を後にして間もなくのことだった。

吐き気と眩暈《めまい》、さらには経験したことのないような強烈な頭痛に、順平は漸《ようや》くの想いでベッドサイドの電話でフロントを呼び出した。

意識が朦朧《もうろう》としはじめたところにスタッフが駆けつけたまでは覚えているが、そこから先は何がどうなったものか。

気が付くと夜が明けていて、件《くだん》の白衣の女性が心配そうに順平の貌を覗き込んでいた。

「あ、わ、悪くありません。って言いますか、もうすっかり……」

「そう。熱中症だったようですね。もう頭痛も収まりましたか？」

そう尋ねられて、ひどい頭痛があったことを思い出した。今はそれも、すっかり治まっている。

それでも一度頭を振って確かめてから「はい。もう大丈夫です」と返事をした。

「熱はどうかしら……？」

やさしい表情で尋ねながら美人女医は、躊躇いなく順平の額に手をあててくる。

いまどき体温計も用いないのかとも思ったが、その病人を見慣れた手つきは、やはり女医の所作《しょさ》だ。

「うん。大丈夫みたい。熱もないようね」

白魚のような指が、順平の手首を捕まえ脈拍を数えはじめる。

ふわりと漂う清潔感溢れる甘い匂いには、わずかに消毒液の匂いが入り混じっている。すべすべした手指の感触に、心臓がドキドキしはじめた。

（きれいな人だなあ。まだ若いけど、二十代前半かなあ……。先生ってより、やさしいお姉さんって感じだ……）

　さほど順平と変わらない年齢に見えるが、ここの女性たちは誰もが美しい上に、一様に若さに溢れ、見た目だけでは年齢を測れない。

　少し離れ気味の大きな瞳には知性と教養が煌《きら》めき、三日月型にアーチを描いている。その眼元のホクロが清楚な色香を載せている。

　まっすぐな鼻梁《びりょう》と形のよい鼻腔には気品が漂っている。見るものを切ない気分にさせる唇は、ぽってりと官能味に溢れている。

　口角が持ち上がったアヒル口が、その年齢を不詳にさせる所以であろうか。

　それらのパーツが、うりざね型の小顔の中に完璧な位置に配置され、大人の魅力を発散させている。

「血圧も計らせてくださいね……」

　てきぱきとした様子は、いかにも仕事のできる女性の特徴。その一方で、首筋から覗かせる色白の膚《はだ》は、清楚でありながらしっとりとした色気を漂わせている。

（なんだろう。理知的で上品で清楚なのに、どうしてこんなに色っぽいんだ……？）

　色気でいうなら、タイトスカートからスラリと伸びた美脚も負けていない。見えているのはパンスト越しのふくらはぎ程度だというのに、ムッチリとしていてたまらない色香を載せている。

白衣に包まれた女体が明らかに細身《ほそみ》であるせいか、その分バストとヒップが強調されて、ボン、キュッ、ボンと大きくメリハリが利《き》いている。

乳房の大きさだけで言えば、菜桜の方が大きいと思う。けれど、白衣の下の白いブラウスをふっくらと持ち上げる風情が何とも女性的で、どうしてもそこに視線がいってしまうのだ。

(ああ、この先生とセックスできないかな……。一度でいいからやらせて欲しい！)

菜桜のお陰でおんなに飢えてなどいないのに、第一印象で嵌《は》めたいと思わせるほど彼女はセックスアピールに富んでいる。

(なんて悩ましい眺め！　先生が動くたび、おっぱいも揺れている……！)

彼女が順平の血圧を測ろうと、至近距離で屈み込むと、ブラウスの隙間から黒いブラジャーに支えられた紡錘形《ぼうすいけい》が艶めかしく揺れるのが垣間見え、目のやり場に困った。

その挑戦的な眺めに、たまらず頰が火照りはじめる。

「うーん。ちょっとだけ血圧が高いかも……。でも、まあ問題ないかな……。うん。やはり熱中症だったようね。点滴をして、今日は一日安静にしていること。それで様子を見ましょう」

三日月形の眼が、すっと色っぽく向けられる。それだけで、順平の心臓は早鐘を打った。

「せ、先生。ありがとうございます。ご迷惑をおかけしました」

慌てて礼を述べると、細い顎が左右に振られた。

「ああ、私、医師ではないのです。看護師と準医療士の資格だけ……。だから、先生とは呼ばないでくださいね」

世界規模で新型インフルが流行した結果、酷く医者と看護師が不足したことを受け、政府は新たに準医療士なる資格を設けた。

従来、医者の指示なしでは、できなかった注射や点滴などの比較的簡易な医療行為も新たな資格を取得すれば許可することにしたのだ。

確かに、こういった施設に医師を常駐させるのはもったいない。とはいえ有能力者の健康管理は重要だ。そこで、彼女のような準医療士が常駐しているのだろう。

「お礼ならみんなにも……。菜桜さんは、急遽ここに駆けつけて一晩中、看護してくれたのだし、菜桜さんが戻るまでは杏里さんも看護を……。みんなが協力してくれたのですよ」

美人看護師が、背後に佇む菜桜と杏里に水を向けた。

「えっ！　菜桜と杏里さん？　ああ、そこに……」

首を持ち上げ、ようやく彼女たちが、そこで見守ってくれていたことに気付いた。

美人看護師を気にするあまり周りが見えていなかったのだ。

ベッドに身を横たえたままでは、みんなへの礼を失すると、その場に上体を起こそうとする順平。すかさず美人看護師が脇から支えてくれる。

「みなさん。ありがとうございます。みなさんのお蔭です」

「お礼だなんてそんな。私たちは杏里さんの連絡を受けて駆けつけただけで……」

最初にフロントで順平からのコールを受けたのが杏里であったらしい。

奥ゆかしくも照れたような仕草で、杏里が首を左右に振った。

「たまたま当直でフロントにいたまでで、私なんてそんな……」

杏里の穏やかな声には、心地よいと感じるほどのやさしさが込められている。

「私にはお礼よりも、お叱りの言葉を頂戴《ちょうだい》するべきです……。担当教官なのですから、順平さんの体調はきちんと私が管理していなくてはならないのに……。それが熱中症だなんて、本当に申し訳がなくて……」

余程責任を感じているのだろう菜桜が身体を九十度にまで折り曲げ、深々と頭を垂れて謝罪した。

「そんな。菜桜は悪くなんか……。きちんと水分を補給するようにあれほど言われていたのに、それを怠《おこた》った僕が悪いのだから謝ったりしないで……」

慌てて順平は、菜桜に頭を上げるよう求めた。

「まあ、責任で言うのなら、もっと早くに麻宮さんの健康状態を確認しなかった私にも……。けれど、まあ軽い熱中症で済んだのだし、若いのだから回復も早いでしょうし……。これからは、水分補給をまめにしましょうということで」

医療士でもある彼女が取りなすように、まとめてくれた。

「あの、それはそうと……。僕の名前を医療士さんは知っているようですが、改めて、僕、麻宮順平です。この体たらくで、情けない限りですけど、初めまして。それと、大変お世話になりました」

準医療士の資格を持つ特殊看護師として常駐している彼女だから、順平のことは聞き及んでいるのだろう。もしかすると、健康状態を示すカルテなどもここには届いているのかもしれない。

それでもここは、きちんと挨拶するべきと判断したのだ。

「こちらこそ申し遅れました。有原瑠奈《ありはらるな》と申します。医療スタッフとしてここに勤めています」

順平を支えたまま瑠奈が女性らしい仕草で小首を斜めに傾げながら、やさしい笑顔を向けてくれた。

「それじゃあ、これから一時間ほど点滴をしますね。水分はそれで補給できるけど、栄養は食事で……。消化のいいものなら何か食べられそう？」

やさしく尋ねながら貌を覗き込んでくる瑠奈に、順平はどぎまぎしながら「はい」と答えた。

「じゃあ、私が用意しますね。一時間ほど後に持ってきます」

そう言い残し杏里が部屋を出ていく。

「じゃあ、私も点滴の用意を……」

順平を再びベッドに横たえさせた瑠奈も杏里の後を追うように部屋を出ていった。

「順平さん。本当にごめんなさい。こんな目にあわせてしまって……」

残された菜桜が、順平にもう一度謝った。

「だからぁ、菜桜のせいじゃないって。いや、やっぱ菜桜のせいかな……。あんまり菜桜が愛おしすぎて、頑張りすぎたのかも……。体中の水分が、精子をつくるのに回ったのだろうね。だとしたら菜桜のエロい魅力のせいだね」

笑いながら目を三角にして、菜桜を恥ずかしがらせる。

「もう！　嫌な順平さん」

心配と責任を感じ、曇っていた菜桜の表情が、ようやく明るくなった。

「うふふ、でも順平さんはやさしいですね……。そうやって私に責任を感じさせないようにしてくれて」

順平より余程大人な菜桜だから、その程度のことはお見通しらしい。

「でも、もう無茶はしないでくださいね」

美人教官にここまで心配してもらえるのは、面映ゆくも天に舞い上がるほどうれしい。

「はい。もう菜桜には、心配かけないようにするね」

そう返事しながらも、こんなに心配してもらえるなら、多少のムリも厭《いと》わないと内心に思わぬでもない順平だった。

3

「今日もいい天気ですねぇ。こんな日に部屋で安静になんて……」

窓の外のピーカンの青空を恨めしげに眺めながら順平は、瑠奈にぼやいた。

点滴を終えるとすっかり気分もよくなった。クスリが効いてウソのように頭痛も治まっている。

恐る恐る腕や足に力を入れてみると、普段と変わらずに動かすことができた。

適切に水分を補給し、少し休めば、若さもあって回復は早い。

「そうね。過剰に心配する必要もないけれど、今日は大人しく、できるだけ体を休ませることね。温泉に浸《つ》かるのも汗をかくから控えた方がいいかな……」

ここは元々リゾートホテルを転用しているだけあって、天然温泉が湧いている。大浴場に露天風呂までが完備されていた。

もっとも、真夏の太陽の下で、露天風呂に浸かるなど酔狂も甚だしい。それこそ熱中症になる恐れもある。

「瑠奈さんの指示通り、諦《あきら》めて今日は一日休んでください。私も今日は溜まっている事務仕事を片付けることにしますから……」

傍らの菜桜も順平に安静にするように勧めてくる。

けれど、順平にとって何が苦手と言って、じっとしていることほど苦手はない。

「えーっ。菜桜も側にいてくれないの？　いよいよ退屈だ〜〜っ！」

つい駄々っ子のようになってしまうのは、やはり菜桜とは男女の関係にあるからだろう。要するに、甘えているのだ。

「確かに、私は順平さん専属の担当教官ですが、だからと言ってずっと付ききりでいられるわけではありません。提出しなければならない報告書も山ほど……。退屈であれば、映画とかは如何《いかが》ですか？　折角、この部屋はスクリーンと音響システムまで備えているのですから……」

「独《ひと》りで映画なんてつまらないよ。誰かと一緒に見て、あとで感想をあーでもないこーでもないと話すのが愉しいんじゃない」

諭《さと》すような菜桜の口ぶりから、急ぎの仕事があるのだろうと、順平も察している。それでも、殊更に甘えたくなるのだ。これが年上のおんなと付き合う醍醐味《だいごみ》というものだろうか。順平に女性と付きあった経験がないことも、それを助長していた。

「菜桜さんと一緒にいると、またエッチなことしたくなるでしょう？　それでは休んだことになりませんよ」

端《はた》から瑠奈が明け透けな指摘《してき》をした。二人がいちゃつく姿を見ていて、バカバカしくなったのだろう。

途端に、菜桜と順平は、頬を真っ赤にさせた。

むろん、世間一般には知られていないが、リハビリの一環として担当教官と有能力者が男女の関係を結ぶことも、希《まれ》にあることと瑠奈も認識しているらしい。

「仲がいいのは羨ましい限りですが、それは明日以降にして、とにかく順平さんは、大人しくしていてください。菜桜さんもこれ以降は、順平さんに接見禁止です」

瑠奈からのお達しを受けたのとほぼ同じタイミングで、部屋にチャイムが鳴り響いた。

間の抜けたピンポンに応じて入り口まで出たのは菜桜。杏里がワゴンを押してベッドルームにやってきた。

「お待たせしました。お食事をお持ちしました……」

途端に漂うよい匂いに、グーッと順平の腹が鳴った。

甲斐甲斐しく杏里が、ベッド用のテーブルを据え付け、ワゴンから銀製のお盆を持ち上げて、その上に置く。

食事の準備が整うと、瑠奈がやわらかく微笑んだ。

「じゃあ、杏里さん、あとはお願いします。今日は一日、順平さんの介添え役ということで……。順平さんが退屈するようであれば、映画くらいなら許可します」

瑠奈に言われても、どうすべきか判らなかったのであろう。そもそも瑠奈に、介添え役を指名する権利などあるのかどうかも疑わしい。順平と同じことを杏里も感じているようで、戸惑いの表情を浮かべながらそれでも彼女は曖昧に頷いた。

「じゃあ菜桜さん、行きましょう」

促す瑠奈に押されるように、菜桜も戸惑った表情で頷いた。

「あ、じゃあ、杏里さん。よろしくお願いします」

ふるんふるんとお尻が二つ左右に揺れて部屋を出ていくのを、順平はやむなく見送る。

順平と杏里は、どこか置き去りにされたような心持ちで互いの貌を見つめ合った。

「いまの何だったのでしょう？　妙な空気が流れていませんでしたか？」

どうやら杏里は勘《かん》がいいらしい。観察力に優れているのかもしれない。

「妙って……。そうでしたか？」

どう応えていいか判らない順平は、誤魔化すようにそう答えた。

「妙でしたよ。気まずい空気というか、なにかこう、ライバル同士がバチバチッとやりあうような……」

「ライバル同士って、あの二人が？　何のライバルなのです？」

「うーん。ライバルというか、嫉妬に近いかな……。もしかして順平さんと菜桜さんで見せつけちゃったとか……」

見事に言い当てる杏里に、順平は心底驚き目をぱちくりさせた。

「見せつけたつもりはなかったのですけど、何となく瑠奈さんがトゲトゲしかったのは確かです。あれって、嫉妬なのでしょうか？」

鋭い杏里の見立てだから、瑠奈が悋気を露わにしたのだということも、あるいは当たっているのではと思わせてくれる。

（だとしたら、ちょっとうれしいかも……）

「きっと、焼きもちに近い感情だと思います。順平さんのような素敵な人に、おんなとして可愛がられている菜桜さんが羨ましかったのではないでしょうか？」

確かに瑠奈は、二人の仲がよくて羨ましいと口にした。あれは順平たちを茶化したものと受け止めたが、案外杏里の言う通り本心であったのかも知れない。

「うん、うん。瑠奈さんは、羨ましいと言っていました。でも、だからって嫉妬とまでは……」

見た目にも聡明で、物言いもさっぱりとしている瑠奈が、他人を羨むのですら似合わないと思うのに、嫉妬心まで抱くなど到底信じられない。

「あら、おんなって見た目では判らないものですよ。でも嫉妬することは、決して負の感情ばかりではないと私は思います。それがエネルギーとなって、行動力となったり自分を向上させる原動力となったりするのですから」

なるほど杏里の言葉にも一理ある。

嫉妬と聞くとダークな感情を思い描きがちだが、杏里の言うようにプラス面に転換できるなら、それも一つのパワーかもしれない。

「それにおんなの悋気は可愛いじゃないですか。それだけ慕《した》われているということですよ」

「えー。まさかぁ。僕なんかを瑠奈さんが？　そんな訳ないですよ。第一、瑠奈さんとは会ったばかりだし……」

思いがけない杏里の指摘に、順平は半ば満更でもなかったが、本気であり得ないとも思っている。

「そんなことはありません。順平さんは、教官の菜桜さんを射止めたくらいなのですから。それもリハビリの初日に……。それってすごいことなんですよ。だからお二人は、いまセンターの中でも注目の的で……うふふ。私も瑠奈さんの気持ち判る気がします。同性として菜桜さんが妬《ねた》ましいもの……」

つまりは、菜桜と順平が初日から結ばれたことも全て、センターに報告されていて、それが筒抜けになっているということだ。プライバシーもへったくれもないものだが、順平としては怒るに怒れない。怒りの感情が湧き上がる以前に、杏里の微妙な物言いにドキリとしたからだ。なまじ彼女には、一目惚れに近い感情を抱いていただけに、落ち着かない気分になる。

「教官と特別な関係になるって、そんなに珍しいんですか」

「もちろんですよ！　それに、順平さんは有能力者じゃないですか。それだけでも奇跡のような存在です」

「で、でも、ここでリハビリする男たちは、みんな有能力者じゃないですか。僕だけが特別ってわけでは……」

「いいえ。充分に特別です。菜桜さんから聞いていないのですか？　どれだけ順平さんが奇跡的な存在なのかを……」

思えば、菜桜からいきなりに誘われてからというもの、ほとんど獣のように彼女を求めるあまり話らしい話をしていなかった。

多少のピロートークはあったものの、色ボケしていることもあって、ほとんど頭に入っていないのが実情だ。

「有能力者って、そんなに少ないのですか？」

「ええ、少ないです……。今年我が国で成人した、順平さんと同世代の有能力者の方は、六百八十三人だけです。実は、年々能力者の比率は右肩下がりで落ちています」

その数を聞いて順平は、暗算をはじめた。単純に六百八十三名が十八の施設でリハビリを受けるとして約三十八名。リハビリ期間は一か月だから、さらにそれを十二か月で計算すると、月に三名ほどがリハビリするに過ぎない。

「ってことは、いまここでリハビリを受けているのって三名ほどなのですか？」

「いまの時期は、主に学生さんの夏休みもあって、ここでは六名がリハビリを受けています。少ない時期には一人なんてこともあるのですよ」

菜桜が教官として担当するのは、順平が二人目だと明かしていた。

教官がどれくらいの人数いるのかは知らないが、なるほど能力者の人数がそれほど少ないのだから教官が担当する人数も少なくて当然だ。

「ね。奇跡的な数字でしょ。普通にしていたのでは、女性たちは有能力者に出会えません。だから、みんなここのスタッフになりたがるのです。いまやリハビリセンターのスタッフは、有能力者以上に希少価値のある仕事なのですよ」

そこまでの話を聞いて、杏里が先ほど何ゆえにライバルとの言葉を使ったのか判った気がした。

つまりは有能力者の歓心を買うためのライバルなのだろう。

話を聞くうちに、何だか自分が希少価値の高い愛玩動物にでもなったような気がしていた。否、愛玩動物というよりも牡獣であろうか。

「きゃあ、ごめんなさい。こんな話をしているうちに、すっかりお食事が冷めてしまいました。もう一度作り直してきます」

「いいですよ。そのままで……」

順平が言うのも聞かず、杏里はワゴンを押して部屋を出て行ってしまった。

独り残された順平は、杏里が話してくれた内容を整理しようと、今一度反芻《はんすう》した。

4

「お待たせしてすみませんでした。お腹空いているでしょう？　でも、これをお召し上がりになれば、元気になること請け合いです。私の特製ですから……」

食事を作り直し、再び戻ってきた杏里。自らも両脚をベッドの上に載せ、順平の傍らに正座した。キングサイズのベッドの中央に体を起こしている順平の世話をしてくれるつもりなのだろう。

「私が介添え役を任されたのですから、いっぱい甘えてくださいね」

瑠奈からの指名もあってか、杏里は張り切っているようだ。

第一印象は、落ち着いた大人のイメージを抱いたのに、いまはどことなく子供っぽく感じられた。それはそれで可愛らしく、好印象は変わらない。

「うふ。遠慮しないでくださいね。私がさせて欲しいのですから……」

大きな瞳を悪戯っぽくクリクリさせながらも、目元を薄《う》っすらと赤くさせている。

（うわあ、杏里さん、いい匂い……。それにやっぱ綺麗だなぁ……！　ハーフっぽい顔立ちだけど、目の色は漆黒だ……）

　菜桜のような一見クールなタイプとも違い、どこか甘さを残したタイプの美人。

菜桜がモデルや女優系なら杏里はアイドル系の雰囲気と言えるだろうか。

もっとも、その女優やアイドルも男に元気がなくなったせいか、昨今は仕事の範囲が狭まっているらしい。特に、グラビアなどの仕事は、男を勃たせてなんぼでもあるせいか、めっきり見かけなくなった。

（ああ、やっぱりおっぱい大きい。菜桜とどっちが大きいだろう……）

比較するのは、どちらにも失礼と判っていても、どうしても比較してしまう。

ふっくらとした胸元もそうだが、どちらかと言えば肉感的な体つきをしている。

「あの……。甘えさせてくれるのですよね。だったら、遠慮なく……」

せっかく杏里がそう言ってくれるのだからと、順平は思い切った。

おもむろに彼女の正座する膝の上に、仰向けに頭を載せてしまったのだ。

「まあ。順平さんったら……」

彼女は、少しばかり驚いたような表情を見せたものの、すぐにクスクスと屈託《くったく》なく笑ってくれた。そのふっくらほこほこの太ももの風合いたるや、素晴らしいの一語に尽き、天にも昇らん心地がする。

「膝枕でお食事ですか？　甘えん坊の順平さん！」

そう言いつつも杏里は、順平の頭をそのままに、ベッド用に据え付けたテーブルからボウルのようなカップを持ち上げて、銀の匙《さじ》で中身を掬《すく》った。

「さあ、食べてくださいね。私の特製パスティーナです。はい。あーん」

まだ湯気の立つパスティーナなるものに、ふーっと息を吹きかけてから、順平の口元に銀の匙が運ばれる。

「あーん」

順平が口を大きく開けると、滑らかな金属が口腔に滑り込んだ。銀のスプーンが、舌の上に食べ物を置き去りにしていく。

「あふっ！　あちちち……っ」

「あん、ごめんなさい。順平さん、猫舌なのですね」

大急ぎで順平の口元を拭ってくれる杏里。練り絹のようなつるすべの手が、頬のあたりをくすぐっていく。

「じゃあ今度は、もう少し冷《さ》ましましょうね……」

愛らしい唇をツンと尖らせ、スプーンの中身を今度は念入りにふーっふーっと冷ましてくれる。

順平の視線を意識した杏里が、恥じらいを滲ませながら目元だけで微笑んだ。

「はい。もう一度、あーんしてください」

つられるように順平が口を開けると、銀の匙が差し入れられた。

適温になったパスティーナの味が、ふわっと口腔に広がった。

洋風だしに、チーズの塩味が加えられたものらしい。

「お、おいひいれふ……。何ですか、これ？」

てっきり、おかゆが運ばれてくるものと思っていたが、想像と違ったお洒落な食べ物に順平は目を見張った。

「ブイヨンベースの洋風だしに浸《ひた》した小粒のパスタ料理です。アクセントにパルミジャーノレッジャーノチーズを使っています。卵でとじたのは私のアレンジです。イタリアではインフルエンザの時に、よくこれを食べるのですよ」

舌のもつれそうな食材の名前が並べられ順平は曖昧《あいまい》に微笑んだ。

恐らくは、若い順平の口にあわせて、おかゆよりもパスタ料理を選んでくれたのだろう。

確かに、香味野菜と肉から取った洋風だしの風味と濃厚なチーズが小粒のパスタと絡み合いうまいことこの上ない。さらに杏里の息が吹きかけられたせいか、心なしか甘みも加わっているように感じられる。

「美味しいです。こんなの食べたの初めてだけど、おかゆよりこっちが好きです！」

「本当に？　うふふ。お口に合いましたなら、うれしいです」

お世辞抜きに、うまいのは、絶妙な塩加減のなせる業《わざ》。パスタの硬さも、やわらかすぎず硬すぎずで、これまた絶妙だ。

あまりおかゆを好まない順平には、何よりもありがたい。その上、杏里がわざわざ順平のために作ってくれたと思うと、そのうまさもひとしおだ。

「こんなにおいしいものを、杏里さんが作ってくれたのですよね？　大げさでもなんでもなく物凄く美味です。杏里さんの作る他の料理も食べてみたくなりました！」

スープ仕立てになっているため、ほとんど咀嚼《そしやく》しなくとも問題はない。ぬるんと温かい物体が胃の腑《ふ》に落ちていく快感と口に広がるだしの美味。またすぐに、それを味わいたくて、甘えるように、あーんと口を大きく開け、次を催促した。

「はい、順平さん……お次です。あーん」

雛《ひな》が母鳥に餌をねだるように待ちわびる。杏里の胸元をふんわりと覆うウェーブのかかった髪が、時折、順平の頬を撫でていくのも心地よかった。

「うふふ。無心で食べる順平さんは、子供のようですね。なんだか可愛らしい」

クスクスと笑いながら順平の頬に付いた滴《しずく》を中指の先でふき取り、自らの口元に運ぶ杏里。その何気ない仕草が、酷《ひど》く色っぽく感じられた。

「子供みたいって、杏里さんだってほとんど僕と変わらないでしょう?」

「あら、私の方が随分年上です。三十ですもの……」

「うそっ！　うわー、絶対三十になんて見えません。お姉さんだろうとは思っていたけど、まさかぁ……」

「若く見てもらえるのは嬉しいけれど、そんなに子供っぽいですか私……?」

「いえ。むしろ、落ち着いていてやさしいお姉さんって感じなのですが……」

時折、子供っぽいところが垣間見えるとは、さすがの順平にも言えない。

「大人可愛いと言いますか……。愛らしいと言いますか……。それに、お肌とかもピチピチで……。頭を載せてもらっている太ももなんかも……」

「もう！　順平さんのエッチ……。そんなうれしい言葉をかけてくれる人には、特別に……」

何を思ったか杏里は、目の下をぼーっと赤く染めながら、パスティーナを自らの朱唇に含ませた。

「えっ、何を……？」

やわらかい女体が、ゆっくりと前に折られ、杏里の唇に自らの同じ器官を覆われていく。驚く頬に手が添えられ、舌先で厚い唇を割り開かれた。

即座に、忍び込んだ朱舌から少しずつパスティーナが送り込まれる。まさしく母鳥からえさを与えられる雛になった気分だ。

「あ、杏里ひゃん……」

「安心してください。杏里は、きちんと感染予防を受けていますから……。子供のような順平さんにしてあげたいのです」

美味しそうに順平が呑み込んでみせると、杏里は満足げな表情で、さらにもう一口、今度はパスタを感じられないくらいにまで念入りに嚙み砕き、豊富な唾液で溶かしてから口腔へ運んでくれる。

（ああ、僕、希少価値の高い牡獣でもいいや……。杏里さんに、こんなに甘えさせてもらえるのなら……。蕩けてしまう……）

絶滅危惧種であるがゆえにこうまでしてくれるのだろうが、過剰サービスも甚《はなは》だしい。恐らく杏里は母性本能の強いタイプなのだろう。雛鳥よろしく、口をパクパク開け閉めさせて次を求める順平に、杏里は母性本能を刺激されたがために、赤く頰を染めながらも甲斐甲斐しく尽くしてくれるのだ。

唇と唇をしっかりと重ね合わせ、口の中の残滓までことごとく順平の口腔に吐き出してくれる。しかも、口の中が空になった後も、すぐには退かずに、その歯の裏や唇を甘く拭《ふ》き取るように杏里の舌先が這いまわった。

「私は、順平さんのお食事の介添えをしているだけです……。ふしだらと思わないでくださいね」

上唇についたパスタ粒を朱唇に摘《つ》み取《と》られ、そのまま引っ張られては離され、ぷるんと弾ませてくれる。残滓のない下唇にまで、同じ刺激を味わわせてくれた。

「杏里ひゃん！　ああ、杏里さん‼」

「順……平さん……」

いつしか互いの名前を呼び合いながら、なおも唇を重ね合う。パスタを口移しすることもあれば、パスタなしで求めあいもした。

「まあ、順平さんったら、いけない悪戯を……」

たまらなくなった順平は、膝枕する杏里の太ももの側面を恐る恐る撫でさすった。様子を見ながら徐々にその動きを大胆にさせ、太ももの弾力を確かめていく。それに応えるように杏里も、指先でやわらかく順平の頬をなぞってくれる。

「ふむぅ……ぴちゃっ、くちゅるるっ……はむん……むふぅぅ」

熱く情熱的な口づけは、さらに続いた。時間さえ止まるほどの熱烈なキス。しかも、互いの欲求は高まるばかりで、唇を重ねあっては息を継ぎ、またすぐに求めあう。口腔内で舌を結び、舌腹を擦りあいして、互いの存在を確かめあう。

スープパスタの代わりに杏里の唾液が、喉から奥へと流れ込む。それが胃の中でカッと燃え上がり、情欲のエネルギーへと変換されていくのを順平は感じた。

5

太ももをさすっていた掌をゆっくりと持ち上げた。躊躇いながらも、その手は制服を大きく持ち上げる胸元を目指していた。

「順平さんが、ずっとここに触れたがっていることを杏里も承知していました。順平さんがここに着いた時から熱い視線を感じていました……」

気づかれていたことに、少し驚きはしたものの観察力に優れている杏里だからそれも不思議ではないと思った。

「もしかして杏里さんも、触って欲しいとか、待ち侘《わ》びるような気持ちがありませんでしたか？」

思い切って尋ねた。そうでもなければ、これほど濃厚なキスなどしてくれまい。

恥ずかしそうにこくりと頷いてくれた杏里を順平は愛しいと感じている。

「杏里さん……」

情感を込めてその名を呼ぶと、アーモンド形の瞳が、うっとりと蕩けていく。

「ああん、ダメです……。そんな甘く囁かないでください。私、もっと順平さんに甘えて欲しくなっちゃいます」

順平の手の甲が、ふくらみの一番高いところに触れた。

「あっ……」

二度三度と、乳房の弾み具合を堪能《たんのう》していた手の甲は、けれど、それでは物足りなくて、くるりと裏返す。

「あん。そんな、順平さん」

掌でふくらみを覆い、手指の先と親指の付け根部分でむにゅんと収縮をはじめる。

「やわらかい。杏里さんのおっぱい、服の上からでも素晴らしいです！」

膝枕されたまま仰《あお》ぐように乳房をまさぐる順平。妙な体勢であるため、どうしても不器用な愛撫となる。しかも、薄手の生地とはいえブラウスの上からであり、さらに、その下には下着の存在も確認できる。

その布越しでもなお、杏里の乳房はやわらかく弾力に充《み》ちている。

「杏里さんのおっぱい、ずっと触ってみたかった。でも、まさか、本当に触ることができるなんて……。なんだか、夢のようです……」

順平の乳房への執着は相変わらず強く、許されるならいつまでも触っていたい。

菜桜から乳房への愛撫の仕方を教わっているが、ついついそれも忘れがちになるほど夢中になっている。

「あん、そんなに揉まないでください。切なくなってしまいます」

技巧も忘れ、ひたすら揉みしだきを繰り返すだけでも、杏里は感じてくれている。

衣服越しであるがゆえに、かえって焦らされてでもいるかのように、やるせなくなるらしい。

「もしかして、杏里さんって、おっぱい感じやすい方？」

熱心に触られて、健康な肉体が反応しない方がおかしい。それなのに、順平は自らの不埒《ふらち》な行いを棚に上げ、杏里に恥ずかしいことを聞いている。

「いやな順平さん。杏里に恥ずかしいことを言わせたいのですね？　ええ、そうです。杏里のおっぱいは感じやすいです……」

艶々《つやつや》した頬をさらに赤く上気させながらも素直に教えてくれた。さらには、もっと驚く提案までしてくれるのだ。

「あの……。あ、杏里のおっぱい、もしよければ直接触れてみませんか？」

「えっ！　いいの？　触れたいです！　杏里さんのおっぱいに直接触わりたい！」

順平の期待が貌に溢れてしまっていることが自分でも判った。判っていても、表情を繕《つくろ》えないほど、うれしい提案なのだ。

「順平さんが望んでくださるのなら、かしこまりました。杏里の生おっぱいに甘えさせてあげます……」

そう言うと杏里は、膝の上から順平の頭をやさしく移動させると、四つん這いになってベッドの上を移動した。

「杏里さん？」

スカートの裾をひょいと持ち上げ、順平のお腹に跨った杏里が、両膝をカニ足に折り、その上にぺたりと座りこんだ。

「この方が、見やすいですし、自由に触れますから……」

耳まで赤くしているのが、いじらしくも愛らしい。

うれしさを隠しきれずに頷く順平に、はにかむような微笑が返された。

「こんなことをする杏里を、ふしだらと思わないでくださいね」

細い指先がブラウスのボタンをゆっくりと上から順に外していく。衣擦《きぬず》れの小さな音が、順平の興奮を煽《あお》る。

素肌を晒す緊張に、僅かばかり杏里が表情を硬くしている。年上のおんならしく装っているが、その実、口から心臓が飛び出してしまいそうなほどだろう。

一番下までボタンを外した杏里は、スカートの中からブラウスの裾を引き出す。

丸い華奢《きゃしゃ》な肩からするりとブラウスが落ちていった。

「ああ……っ」

美貌を俯《うつむ》かせ熱い息を杏里が吐いた。

露わとなった美しい上半身。想像以上に線が細く、抱きしめたら折れてしまいそうな女体は、けれど、適度な脂肪を載せ、いかにも女性らしい丸みを帯びている。

繊細な美術品のようなそのデコルテの美しさと、形よく盛りあがる肉感的な乳房の対比が素晴らしい。

さらに豊満な胸元を過ぎると、一転腹部から腰部にかけてキュッと括れる曲線美。その全身を覆うすべすべの肌が、女体をいかにもやわらかそうに、しなやかに見せていた。

「もう！　順平さんったら目が怖いですよ。そんなに見ないでください」

そんなことを口にしながらも、「見て欲しくてたまらないの」と、その瞳が蠱惑的に語りかけてくる。視線を一身に浴びる喜びに、その身を浸しているのだ。

「だって、杏里さんが脱いでくれるのだから見ない訳に行かないよ」

順平はしきりに喉が渇き、しわがれた声しか出ない。杏里もまた喉がカラカラなのだろう。しきりに朱唇を舌で湿している。

「すごい！　おっぱいだけが、前に突き出ている!!」

その大きさは、メロンほどはあるだろう。ベージュ系のブラジャーにむにゅんと寄せられた乳肉が、ぴかぴかと光沢を帯びながら深い谷間をなしている。

「こんなことなら、もっとお洒落な下着を付けていればよかった……。普段使いのものだから恥ずかしいです」

確かに、そのブラジャーは装飾が少なく、もっぱら機能性重視のものらしい。けれど、油断した普段使いの下着であるからこそ、生々しい色香が滲んでいる。さらに言えば、華美な装飾がない分、白い乳肌の美しさが引き立っていた。

「絶対そんなことないよ。むしろ生々しくてエロいもの！」

「いやん。エロいだなんて、フォローになっていません」

実際、今にもブラカップから零れ落ちそうなふくらみは、順平の理性を粉々に打ち砕いてしまうほど魅力にあふれている。

我慢たまらず、腹筋の力だけで上体を起こすと、ふくらみに誘われるように顔を近づけた。

バニラに柑橘《かんきつ》系の酸味を一滴だけ加えたような匂いに、ふわんと鼻腔をくすぐられる。順平は唇を突きだすようにして、胸の谷間に口づけをした。

「はうん……んんっ」

舌でそっとねぶると、杏里の唇から湿った吐息が漏れ出した。

すでに真夏の太陽は、天中に昇っている。部屋には空調が効いていて、過ごしやすい温度に保たれているが、女体には微かに汗の皮膜が浮いていた。

順平はぺろぺろと胸の谷間に舌を這わせながら、右手を裸の背中に滑らせた。きめ細かく滑らかな背筋がピクンと震えた。

「ああ、いけません。順平さんったら……。私、そんなことまで許していませんよ」

けれど、その言葉ほどに杏里は、嫌がるそぶりを見せない。それどころか、むしろ、順平に身を任せるようにじっとしてくれている。

それをいいことに、順平は手をブラジャーの下側からあてがい、押し上げるように揉みはじめた。深い谷間が出来上がったところには、頬を押し当て、再度舌を挿し入れる。

ふかふかの風合いに顔を埋もれさせ、甘酸っぱさと乳臭さが濃厚に入り混じった匂いを肺一杯に満たしていく。癒されるような幸福感で、眩暈がしそうだった。

「あふぅっ、順平さぁん……。杏里のおっぱい見たいのでしょう？　ブラジャーを外してもいいですよ」

杏里の声が甘く鼻にかかり、順平の心臓を鷲掴みにした。

震える手をまろやかな背筋に滑らせ、ブラジャーのホックを指先で探る。菜桜との間で経験済みではあったが、中々慣れない難しい作業だ。

乳房見たさに気ばっかりが逸《はや》り、思うように外せない。

「焦らなくても大丈夫ですよ。指先で、摘《つま》むようにしてください……」

掠れ気味の優しい声が耳元で囁く。しなやかな腕が首筋に巻きつき、頭の中をやさしくかきむしられている。何度か指を滑らせ失敗を繰りかえすうち、ふいにプッツと音がしてブラのゴムが撓《たわ》んだ。

(やった！)

順平にしがみつく女体をゆっくりと引きはがし、ふくらみに視線を落す。

美しいまろみがブラカップを載せたまま、揺蕩うように揺れている。

「あんっ」

杏里の乳肌が、薄桃色に染まった。

順平は、肩にかかったままのストラップに指先をかけ、そっと細腕に沿ってずらした。はらりと、ブラカップが順平の腹の上に落ちる。息を呑み、ふくらみにまっすぐ視線を向けた。

「ああっ……」

反射的に胸元を覆いかけた杏里の細腕は半ばで留まり、おずおずと引きさがる。見え隠れする杏里の恥じらいと決意が、順平の胸にさらなる感動を呼んだ。

「き、きれいだぁ……。杏里さんのおっぱい……本当にきれいだ」

ブラジャーの支えを失っても、グンと前に突き出たおっぱいは、どこまでも挑発的で迫力たっぷりだ。三十路に入っても、いささかもハリを失わぬぴっちりとした肌が、それを実現しているのだろう。

艶めいた乳白色をしていて、しっとりと肌理《きめ》が細かく、ぴかぴかの光沢を帯びている。

薄紅の乳暈は綺麗に円を描き、乳首はツンと上向いて、気高い品性が感じられた。

「本当に、きれいです……」

空調の音だけが響く静かな部屋に、順平の呆けた声が溶けていく。この感動をもっと上手く伝えたかったが、月並みな言葉しか出てこない。

しかも、杏里の乳房は、上品で美しいばかりではない。男の激情に訴えかけるだけの艶っぽさに満ち溢れているのだ。

「そんなに見ないでください。本当は恥ずかしくて仕方がないのですから……」

そんなことを言いながらも悪戯っぽく微笑む瞳には、妖艶な色香が滲み出ている。十歳もの歳の差が、急に感じられた。

「さ、触ってもいいですか？」

順平は前かがみになって、左の乳房に顔を近づけた。たわわな双丘が織り成す深い谷間に、今にも誘いこまれてしまいそうになる。

凄まじくそそる乳房に、順平はすっかり魅了されていた。

6

「そんなに触りたいのですか？　どうしても？」

杏里は触れられることに躊躇っているわけではない。順平から求められている証しが欲しいのだ。それが判るだけでも、少しは順平も女心を理解できるようになってきたということだろう。

「どうしても。僕、どうしても杏里さんのおっぱいに触りたいです！」

強い口調で求めると、ほっそりとした顎が無言のまま小さく縦に振られた。

「ありがとう。杏里さん」

ゆっくりと手を伸ばし、大きな掌で双《ふた》つのふくらみを覆う。

かろうじて菜桜に教わったことを思い返し、即物的に真正面から責めるのではなく、下乳から恭《うやうや》しく捧げ持つように、やさしい手つきを心掛けた。

「ああん。やさしい手つき……。そんなにやさしくさわられるとドキドキしてしまいます。きっと、伝わっていますよね？」

早い鼓動を右手に感じて、順平はぶんぶんと頷いた。

「本当だ。でも、こんなに大きなおっぱいでも鼓動が伝わるのが不思議です」

三十路の杏里に、微かな緊張が窺《うかが》える。女体を小刻みに震わせているのもそのせいだ。どんな女性でもはじめての相手と性交渉を持つときは、恥じらいと緊張が先立つものらしい。

ましてや、勃起力のある男性が極端に少ないこのご時世では、男女の出会いなどないに等しい。美人の誉れ高い杏里といえども性交渉は久しぶりであるはずなのだ。

だからこそ、緊張感があってもおかしくはなかった。

（杏里さんが、初々しく映るのもそのせいかも……。まさかバージンってことはないだろうけど……）

その可能性が全くないとまでは言い切れないが、年齢的にもその可能性は薄い気がする。第一、処女であれば、ここまで奔放にはなれないであろう。

「ああ、順平さんの、やさしい手の温もりが伝わってきます……。穏やかに温められて、ホッとするような……。でも、意識してしまうからドキドキは止まりません」

掌の中で、張り詰めた乳房がぷるぷると踊る。手指の神経を、滑らかなプリンを思わせるツルスベふわりの感触がたまらなく刺激した。

「僕は、たまらない気持ちです。杏里さんのおっぱい、ものすごくやわらかいから……。ぴちっとしたハリがあるのに、どうしてこんなにふわふわなのでしょう……。触れているだけなのに、こんなに気持ちいいなんて他ではありえない！」

「順平さんのいけないお手々……。ああ、その温もりが、杏里のおっぱいを火照らせています。エッチな熱で火をつけられているみたい……」

炎天下の夏であるからこそ、快適に過ごすために空調を効かせている。けれど、かえってそれが、おんなの冷えを増長し、皮膚の感覚を鈍らせる。

特に乳房は、その大半が脂肪の塊であるために冷えやすく、その感度を落とす。その状態では、敏感なはずの乳肌も、十分な官能を得られない。

いま順平がしている作業は、掌の熱で乳肌を温め、その感度を戻しているのだ。温められた乳房はその熱を、肌の火照りと錯覚して、さらに敏感さを増していく。乳房の側面にあるリンパの流れを意識して温めれば、血流も高まり、乳イキすることさえあるのだ。

もちろん、全ては菜桜からの受け売りだが、教えてくれた美人教官自身がそうされると乳房の感度を一段も二段も上げて、感じまくっていた。

「んふぅ……。どうしたのでしょう？　お、おっぱいが、掌に覆われているだけなのに……」

「おっぱいがどうしたの？　僕は、手をあてがっているだけですよ」

効果が表れはじめたことにほくそ笑みながら、素知らぬ顔で訊いてやる。羞恥心を煽ることも、おんなを昂らせるエッセンスと教わっているからだ。

あらためて順平は、なぜここが〝男塾〟とか〝女塾〟と渾名《あだな》で呼ばれるのか判った気がした。知らず知らずのうちに、順平の性のスキルが上がっている。

「いやん。順平さんの意地悪ぅ……。甘えさせてあげてるのは杏里のはずなのに……。いつの間にか杏里の方がして欲しくさせられて……。ああ、でも、もどかしいの……。お願いですから揉んでください。杏里のおっぱいにしてください！」

切なげな表情で愛撫を求める杏里に、順平はこくりと頷くと、ふくらみを覆う手指にゆっくりと力を込めた。下乳にあてがった指先を絞り込むのだ。

「うわぁ、ゆ、指がめり込んでいく」

乳丘に指が、どこまでも沈み込む。それでいて力を緩めた途端に、心地よい反発が返ってきた。

「すごい！　すごい、すごい、すごい！」

夢中で順平は、乳房を捏ね回した。

あれほど、「おっぱいの扱いはやさしく」と教えられているのに、この極上の乳房の前では、その全てを忘れて夢中になってしまうのだ。

きめ細かな滑らかさに心震わせながら指全体で柔肌を擦り、さらには裾野から掬い上げる。やわらかくも、ふにゅんと形を変える肉房を潰しては緩めを繰り返す。

「あっ、あん、あん……。そ、そんなにモミモミしないでください……」

きゅっきゅと揉むたび、乳肌がハリを増していくのがたまらない。小ぶりだった薄紅色の乳首がむっくりとせり出し、掌の中で硬さを帯びた。

「杏里さんのおっぱい、揉むたびに張りつめてきます。なのに、どうしてこんなにやわらかいのでしょう」

興奮のあまり力加減が効かなくなっている。親指と人差し指が肉房を隔《へだ》て、くっつくかと思うほど強く潰した。行き場を失った遊離脂肪が、乳肌をつやつやに張りつめさせた。

「あっ……んんっ」

痛みを感じたのか、美しい額に眉根が寄せられ、深い溝を作った。

「あ、い、痛かったですか？」

ハッと我に返り、慌てて力を緩める。

「す、すみません。あんまり杏里さんのおっぱいが、素敵過ぎて……。いえ。おっぱいばかりでなく、杏里さんの表情も……」

しきりに恐縮しながらも、手指は乳房から離さない。

杏里が小さく微笑み、順平の手の甲を上から握りしめ、膨らみを揉む力加減を教えてくれた。

「こうです。これくらいで……。大切なものを扱うように……順平さんの愛情をその手から伝えてください……ああ、そう……そうです……いいっ！　気持ちいい！」

促され、乳房をやわらかく捏ねまわす。たっぷりと愛情を込めると、自然といやらしい手つきになることを順平は思い出した。

「ああ、上手です……。またおっぱいが火照ってきちゃう」

やるせなくなったのか、小さな頭がガクンガクンと前のめりに倒れ込んでくる。

繊細な髪の毛に、ふぁさりと頬をくすぐられた。

順平の手の甲を覆っていた手指が、その場を離れ、女体を支えるように、筋肉質なお腹にあてがわれた。かと思うと、順平のパジャマの内側に、するりと忍び込み、ねっとりとした手つきで胸板を探られる。

「うふっ、殿方の厚い胸板。杏里、ここを触るの好きなのです」

すべすべの指先が、小さな乳首の回りにくるくると円を描いていく。

「うおっ！」

感嘆とも吐息ともつかぬ素《す》っ頓狂《とんきょう》な声をあげてしまった。くすぐったいような微細な喜悦に晒され、筋肉が緊張してぎゅぎゅっと硬くなる。

慢性的金欠病の貧乏学生には、バイトが不可欠。それも肉体を駆使したバイトが、いつの時代も一番稼ぎがいい。知らぬうちに鍛えられたバイトマッチョなのだ。

「すごぉい、順平さんって、結構逞しいのですね」

堅締まりした筋肉に小さな乳輪までが窄まり、その中心で乳首を勃起させた。

「まあ順平さんの乳首硬くなってきました。可愛いから責めちゃいますね」

まるで男がおんなの乳房を求めるように、ぐいっとパジャマの前合わせが割り開かれ、何度も乳首の周辺をなぞられる。お腹のあたりで手指が戯れては、また乳首へと舞い戻ってくる。

「あうっ……。ふぬっ、う、うぐぐぐっ！」

くすぐったいような快感に、思わず体を捩《よじ》らせた。

「うふっ、どうしました？　くすぐったいのですか？　とっても敏感なのですね」

「ええ、すごく敏感です。超気持ちいい！」

杏里の右手は、焦らすようにお臍《へそ》のあたりで戯れつつ、左手は首筋を優しく撫でてくる。まるで羽毛でくすぐられているような繊細さに、ぶるぶるっと震えが来た。

「ううっ……。あ、杏里さんっ、背筋がゾクゾクしてきますっ　あううっ！」

女性のような反応が恥ずかしい。けれど、素直に気持ちよさを漏らすほど、杏里の愛撫が大胆さを増していくため、口を噤《つぐ》もうとはしなかった。

順平に跨ったまま、柔軟に女体を這わせ、そのやわらかさを味わわせてくれる。お腹に押し付けられた乳房の魅惑の感触。さらには、広い胸板に近づいてきた朱唇に、小さな乳首を含まれる甘い疼き。

「ぐはあぁぁっ！」

順平の反応を上目遣いに確認する杏里の色っぽさ。チロリと伸ばした薄い舌先で、くすぐるように舐められる度、下腹部に疼くような悦楽が及び、欲情を溜《た》めていく。

「ううっ、あっ、あふぅぅっ！」

尖りを帯びた小突起を吸われ、順平はたまらずに、びくんっと上半身を震えさせた。

その反応がうれしいらしく、嵩《かさ》にかかってレロレロと乳首を責められる。

杏里の涎でネトネトになった乳首を人差し指と親指に摘まれ、さらにもう一方の胸板に朱唇が吸いついてくる。

「うぉっ、あ、杏里さ〜ん！」

我知らずコチコチに硬くなった屹立を、杏里のお尻に擦らせている。肉塊は、いつ爆発してもおかしくない状態にあった。

菜桜とのリハビリで十分以上に搾り取られているはずなのに、一晩のうちに製造された精液が放出を求め、今にも肉竿を遡らんばかりの勢いなのだ。

「ああん。順平さんのエッチぃ。私のお尻に擦りつけているのは、何ですか？」

舌足らずに甘えた声が耳元で囁いた。

「杏里さんに、発情してもらいたくて……。僕のち×ぽのスケベが、擦りつけたら移らないかと……！」

「わたしを発情させて、どうするつもりですか？」

なおも耳元で甘い声が響く。囁いてから官能的な唇が、順平の耳朶《みみたぶ》を軽く噛んだ。

「あうっ！　も、もうダメなんです。僕、杏里さんとエッチしたくて限界です！」

細腰に手を回し、もどかしくもその臀朶《しりたぶ》にめり込ませ、ゴリゴリと擦りつける。

恥ずかしさも何もない。ひたすら放出したくて仕方がないのだ。

「そんなことをしなくても私、すっかり発情しています。でも、一つだけ聞いて欲しいことが……」

「聞いて欲しいこと……。何ですか？」

ふいに真顔となった杏里に、順平が先を促した。

「あの……。順平さんは、人妻がお相手でも大丈夫ですか？」

杏里の唇から零れ出た驚愕の言葉。一瞬その意味が分からなかった。恐らくは理解することを脳が拒絶したのだろう。

「人妻って、誰がです？　えっ、えーっ！　杏里さん、人妻なの？」

ようやくのことで理解した事実に、順平はただただ驚くばかり。次に何を言えばいいのかも判らない。

「いや、人妻って、つまり結婚してるってことですよね……。僕は、えっ？　人妻とって、どうなんだろう……。いやいや、杏里さんの方がダメでしょう。まずいんじゃないですか？」

とても三十路《みそじ》になど見えない杏里だから、既婚者であることは想像していなかった。

むろん、魅力的な大人の女性である杏里が、結婚していて不思議はない。

けれど、夫以外の男に対し、こんなに大胆で、積極的な人妻があっていいものか。

「順平さん、ごめんなさい。人妻ではダメですよね。倫理的にも……。ただ判って欲しいのは、わたしが淫らな欲望ばかりでふしだらな真似をしているのではないことです。夫とはウィルスが広まる前に結婚していましたが、わたし、どうしても赤ちゃんが欲しかったから……」

その一言で、順平には合点がいった。

「つまり僕の子胤《こだね》が欲しいのですね？」

そういうことなのだ。これからも、杏里のような女性たちが順平に言い寄ってくるに違いない。順平は、自分が種馬であることを思い知った。

「確かに順平さんに近づいた目的は、それです。でも、順平さんだから……。順平さんのような赤ちゃんが欲しいから……」

杏里の言葉を聞いて、少し心が痛んだが、もしかすると自分は、もう種馬として生きる以外にないのかもしれないと、あきらめもついた。

政府が、有能力者をこうしたリハビリ施設に入れるのも、その後の生活の面倒まで見ようとするのも、全ては種馬としての役割を期待するからだ。

「いまもこの施設には、六人の有能力者がリハビリをしています。先月は三人が。そして来月にはまた二人。これからも有能力者は来るでしょう。けれど、わたしは順平さんを選びました。順平さんの赤ちゃんだから宿したいのです……」

その杏里の言葉に嘘偽りはないように感じられる。

「僕のどこに惹《ひ》かれたのかは、判りませんが……いいですよ。僕でよければ……。たとえ目的が僕の子胤であっても、僕とセックスしてくれるのですよね？　その代わり、僕とセックスしている間は、僕だけの杏里さんでいてください。ご主人のことも忘れてください。いいえ。忘れさせます！」

言葉を紡《つむ》ぐうちに、より杏里への愛着が湧いた。美人妻を我がものにしたい欲望が、ふつふつと湧き上がった。否。順平の子を孕《はら》むのだから、杏里は順平のおんなに違いないのだ。

7

「順平さん、うれしいです。その代わりと言ってては何ですが、たっぷりご奉仕させていただきますね」

そう宣言した杏里は、順平の体に上体を押し付け、高々とお尻を天に掲げた。

軽い体重を順平に預けながら、器用に片手だけで、自らのストッキングとパンティをずり下げていく。

「うあっ、えっ！　あ、杏里さん……？」

スカートだけを細腰に巻き付けたまま下半身も剝き出しにした杏里。今度は順平の腰に両手を伸ばし、パジャマのズボンとパンツを引き下ろしにかかる。

ボロンと飛び出した順平の下腹部は、期待に膨れ上がり雄々しく天を衝いている。

「まあ、順平さん。ご立派……。こんなに大きいだなんて……」

言いながら杏里の白魚のような手指が、順平の肉茎に絡みついてくる。

「順平さんは弱っているのですから、できるだけムリなさらないように……。ですからわたしが全部……」

再び朱唇が、乳首に吸いついてくる。同時に、ピチピチしていながらも、むっちりやわらかい太ももが、むぎゅぎゅっと順平の腰部を挟み込んだ。さらにその体勢で、お尻を後ろに突き出すようにして、女陰と勃起との密着を強めてくる。

「ぐはっ、おぅおっ……ああ、杏里さんに擦れてる。おま×こに擦れている！」

密着したふかふか部分が、他人妻の女陰であると思うと、さらに昂奮が加速した。

腰を突きあげたい衝動に駆られたが、せっかく杏里が奉仕してくれると言うのだからたっぷりそれも味わいたい。

もどかしくも、やるせなく、それでいて恐ろしく気持ちのいい圧迫だった。

「うれしい。順平さん、もっともっと気持ちよくなってくださいね。そして、たっぷりと杏里のおま×こに射精《だ》してください……」

くねくねと細腰をくねらせる杏里。おっぱいを順平に弄《もてあそ》ばれ、すでにしっぽりと濡らしていたのだろう。ぬるりとした湿り気を帯びた女陰が、屹立に吸い付くように擦りつけてくる。蜜唇に肉茎を舐められているような感触。否。それよりもさらにやわらかくプニプニした感触が、肉茎の半ばから亀頭エラの部分までを垂直に上下する。

露わにした乳房も、順平のお腹や胸板の上でやわらかく踊っている。

「あうんっ、ああ、だめぇ……。順平さん、まだ大きくなれるのですか？　杏里、感じちゃうぅ……。こんな感覚、とっても久しぶりだから……。ああ、だめぇ、おかしくなってしまいそう……」

凄まじい快感に襲われ肉塊をさらに膨らませる順平。凶器と化した勃起肉が切ないまでにさんざめき、我慢の堰《せき》を越えていく。大きく腰を突きあげ、杏里のマン肉に擦りつけるのだ。

（ち×ぽとま×こを擦りあわせているのだから、これってセックスだよね。ああ、僕、杏里さんと不倫しているのだ……！）

不倫という文字が頭に浮かび、他人妻を孕ませようとしている事実が、順平をさらに興奮させた。

杏里の夫は知っているのだろうか。杏里がふしだらに若牡に子胤をねだっていることを。赤ちゃんを孕むには、順平とセックスしなくてはならないという事実を判っているのだろうか。

恐らくは、夫婦二人で話し合った上での結論なのだろう。順平ならどうするか。自分の妻が、他の男に抱かれていると知って、それを許せるであろうか。

自分にはムリな気がした。杏里という人妻を抱こうとしているからか、余計にそう思う。おんなを寝取る悦びを知ってしまうと、逆に寝取られる口惜《くや》しさに耐えられないように思うのだ。

「あん、あっ、あぁっ……。太いのが擦れています。ああん、杏里、だめになってしまいそう……」

未だ挿入もしていないのに、本気でよがる美人妻。夫が不能になって以来、ずっと寝かしつけてきた肉体が、杏里の人妻としての矜持《きょうじ》を裏切ろうとしている。

その証拠に、順平の律動にタイミングをあわせるように、杏里の腰つきも、くいっくいっと淫らな動きを早めていく。順平への奉仕ばかりではなく、自らの悦楽も追っているのだ。

薄い朱唇をわななかせ、切なげに眉根を寄せる表情は、ひどく妖艶だった。

「ひうん！　ああ、だめですぅ。気持ちよくなってしまうぅ……順平さんにご奉仕しているのに……ひぅぅっ……お、おま×こに擦れすぎて、あ、杏里が感じてしまいますぅっ！」

互いの性器が擦れあうたび、ぐちゅん、くちゅちゅちゅちゅっと、汁気たっぷりの水音が粘着質に響いている。

先走り汁が杏里の女陰を穢し、愛蜜が順平の分身を濡らしていくのだ。

「ああ、杏里さん濡れているのですね。濡れ濡れのいやらしい音が聞えます」

「だって、順平さんの逞しいおち×ちんが擦れて……」

顔を真っ赤にさせて恥じらう杏里に、順平の脳内で一足早く射精が起きた。

(カワイイ！　杏里さん、なんて貌をするんだ……！)

いよいよ昂りきった牡性器で、牝の縦割れをひたすら擦りあげる。

「ひうっ……ああ、ダメです……こ、擦れる……あ、ああん……そんなにされたら……気持ちいいの我慢できません……あ、あぁ、順平さぁんっ」

腰部に跨った杏里を、どんどんと跳ね上げながら、焼き立ての食パンのようなほっこりお尻や盛りあがった肉土手を擦りまわす。

手指で、乳房を摑み取り、掌の中で乳首が擦れるように、捏ねまわした。

「あ、んんんっ」

乳丘に滲むじっとりとした汗を潤滑油代わりに弄んでいると、さらに乳腺が張り、ムッとするようなおんなの芳香がジクジクと漂った。

「ひあっ……ふうん！」

硬くしこった乳蕾を親指、人差し指、中指で摘み、三本の指の腹でその側面をいじりまわす。乳くるといった表現がぴったりのいやらしい手つきだ。

瞳をトロンと潤ませた杏里が、切なげにおねだりをした。

「もうダメです。切なすぎて。この元気なおち×ちんを杏里の膣内《なか》に……」

美人妻の白い手指に勃起を握られた。やさしい締め付けが、ぎゅぎゅっと肉塊を圧迫する。

「あうっ！　あっ、あぁ、杏里さん……」

「杏里の膣内《なか》にください。だって、このままでは子胤を子宮に頂けないのですもの……。杏里を孕ませて……」

普段の杏里が決して見せることのない牝の貌。淫らで、妖艶で、淫靡な人妻の本性。

だからといって、決して杏里が美しさを損なうようなことはない。

そんな杏里だからこそ、順平も狂おしいほど愛おしく、欲しくて欲しくてたまらなくなる。

「待ってください。僕、バックからしたい。杏里さんを背後から犯してみたい！」

すっかり獣と化した二人には、その交わりがお似合いの気がした。

「大丈夫ですか順平さん？　あまりムリはなさらない方が……」

「大丈夫です。杏里さんが作ってくれたパスタがエネルギーになりました。杏里さんの甘い唾液もいっぱい呑ませてもらったから……」

「わ、判りました。では、順平さんのお望み通りに……」

こくりと頷いた杏里は、順平のお腹の上を退くと、未だ細腰にまとわりつかせていたスカートを脱ぎ捨てた。

眩《まばゆ》いばかりの全裸となった美人妻が、その場で四つん這いになる。

紅潮させた頬を俯かせ、若牡を挑発するようにお尻を持ちあげ、妖しく左右に振るのだ。

「順平さん、来てください……。杏里の膣内《なか》に挿入《い》れてっ……！」

淫靡なおねだりに、矢も楯もたまらず順平はその美臀に飛びついた。

「あ、杏里さん！」

コチコチの勃起肉に手を添え、あえかに口をあける神秘の肉割れにあてがった。

多量にすり込まれた愛液に濡れ光る亀頭を、ぬかるむ女陰にべったりとくっつけ、そのまま縦割れをなぞった。

ヌプヌプッと切っ先が沈み込む淫らな水音。ぴとっと亀頭にまとわりついたやわらかな肉花びらを巻き添えに、慎重に牝孔への侵入を図った。

「んっく……あん、うううううんっ！」

くぐもった杏里の喘ぎ声。人妻の嗜《たしな》みなのか、自らの片手で口腔を塞ぎ、少しでも艶声を遮《さえぎ》ろうとしているのだ。

太い亀頭部がズッポリと嵌《は》まると、後はズズズッと肉幹を押しこんでいく。

「……っく、は、挿入《はい》ってくる……はうんっ……ああ、順平さんが、膣中《なか》にぃ……」

杏里の肉孔は、咥えこませた肉幹をきゅうきゅうと締めつけてくる。処女と見紛《みまご》うほどの締まりのよさは、しばらく男を迎え入れていなかったから肉路が狭隘《きょうあい》になっているのだろう。

「おっきい……ああ、大きなおち×ちんで、杏里が広がってしまいますっ」

ゆっくりとした挿入は、順平にも肉の蛮刀で膣胴を切り開くイメージを連想させる。

押し開かれていく人妻には、もっと強い衝撃なのだろう。

じゅぶじゅぶ、ぐちゅるるるっと卑猥《ひわい》な水音に急き立てられて、残りの肉竿を一気に埋め込んだ。太ももの付け根が、ふっくらしたお尻クッションに到達すると、くんと押し込むようにして根元までの挿入を果たした。

「う、ううっ……。はふうっ、はああっ……」

膣肉があまりに窄まっていたから、もっと挿入に手間取るかと思いきや、そこはやはり熟れた人妻の媚膣で、柔軟に拡がって呑み込んでくれたから予想外にスムーズだった。

しかも、肉感的な杏里の女陰は、肉厚であると同時に、奥が深い構造になっているため、長大な肉勃起を全てやわらかな肉襞で包んでくれる。

「くふぅ……。ふう、ふううぅぅっ」

杏里が喘ぎ喘ぎに息を放つにつれ、絞られるような膣肉の緊張も緩み、やわらかな濡れ襞がねっとりとまとわりつく感覚だけが鮮明になった。

「すごい締め付けですね。むぎゅうってゴムで絞られているみたいですっ」

「じゅ、順平さんこそ、すごいです……おっきくて硬くって。それに、こんなに熱いおち×ちん……お腹の中を溶かされて、順平さんとくっついてしまいそう……」

うっとりとした表情で至福にうち震える順平同様、杏里もまた肉奥から湧きあがる快感に身を浸しているようだ。

巨根のきつすぎる太さと長さは、下腹部に重い違和感をもたらすはず。けれど、少しずつ女体が緩むに従い、その苦しさが数十倍もの快さに変換されていくのだろう。膣肉が勃起肉に順応し、性の悦《よろこ》びを思い出すのだ。

「だめっ、気持ちよすぎですっ……苦しいくらい大きいのに……こんなに拡げられているのに……あぁ、あの人のモノとは何もかもが違っている。いけないことをしているのに杏里、感じてしまうのっ……！」

無意識のうちに夫との交わりを思い出しては、順平の巨根と比べてしまうのだろう。人妻であるがゆえに、せめて感じてしまわぬうちに、順平との性交を終わらせることで、夫への罪の意識を薄めたいと思っていたのかもしれない。

けれど、いざ順平と結ばれてみると、成熟した女体は残酷にも性の悦びを思い出してしまった上に、我知らず溜めていた欲求不満の大きさにも気づかされてしまったようで、杏里は慌てふためいている。

「あん、ウソっ！　まだ順平さんは動かしてもいないのに。ダメよ、ダメ、ダメ。杏里だけが先にイッたりしてはダメなの……！」

懸命に美人妻が自らに言い聞かせている。それが順平にも聞こえてしまうことさえ思考が及ばないほど、官能に意識をさらわれているのだろう。

順平に奉仕して悦びを与え、自らの媚肉を捧げさえすれば、満足をしてもらえる。そんな考えが杏里にはあったのかもしれない。けれど、順平と完全に、一つに結ばれたことを自覚した途端、不思議な安心感と多幸感が押し寄せたのだろう。

「杏里さん。会った瞬間から好きになりました。一目惚れって本当にあるのですね。もしかして杏里さんが僕を選んでくれたのは、杏里さんに一目ぼれした僕から無意識のうちに愛されたいと思ったからじゃないですか？」

「ああ、そんな。そんな甘く囁かないでください……。心まで順平さんに奪われてしまいそう……ああ、ダメっ……だめなのにぃ……」

「好きです。杏里さん。大好きです……！　初体験の相手に杏里さんを思い浮かべたほどだったのですよ……。好きです。杏里、好きだ！」

耳からも順平が愛を注ぎこむと、美人妻はぶるぶるぶるっと艶めかしく震えた。

順平の熱い想いが杏里の胸を焦がし、肉体も呼応したのだ。律動もないままに、人妻は早くも絶頂を迎えてしまった。それほどまでに女体が迎合し、切ないまでの喜悦に染まっている。

「むふんっ、あおんっ、くひっ……。順平さんに杏里、染められてしまう……。なのに杏里のはしたないおま×こ、うれしいとわなないてしまうのっ！」

膣孔を満たされる充溢感に甘く痺れ、悦ぶ肉襞で侵入者をやわらかく包み込む。触れ合う粘膜同士が溶けて混ざり合い、快感神経が直接絡み合って蕩け合う。複雑な鍵のように凸凹がぴったりと収まる形に、膣孔と肉竿が合一した。

「ああ、あたっています。杏里の感じてしまうところにも……。子宮口に届いているのも切ないいぃ〜〜っ」

双尻を左右に揺すり子宮口にあたる肉茎を確認している。勃起を漬け込んだまま膣肉に覚え込ませている効果の表れだ。お陰で、順平も必死に下腹部に力を込め、奥歯を噛みしめて込み上げる射精衝動を堪えている。

「あ、杏里さんっ、すごい食い締め……っ！」

堪えても堪えても、押し寄せる気持ちよさに表情を弛緩《しかん》させる順平。蠱惑の肉体は、名器と呼ぶにふさわしい。

「ああん、だって、気持ちいいのですものっ……。奥にまで擦れて火がついてしまったのです。もう我慢できませんっ！」

恥ずかしい本音が、杏里の口をついて出る。けれど、そんな羞恥さえもが、美人妻の肉体を官能に炙《あぶ》っていく。

柔襞が悦びのあまり、自然と蠢動《しゅんどう》してしまう。ただ順平がその分身を胎内に留めるだけで、静かに、そして確実に美人妻の快感を上昇させていく。焦ることはない。このままじっくりと女陰に勃起を馴染ませてやればいい。

「ああ、順平さん。動かしてください。どうかお願いです……」

順平は求めには応じず、代わりにその白いうなじに唇を吸い付かせ、首筋から耳朶を愛しげにしゃぶっていく。

腕を伸ばし、人妻の両脇を潜り抜けると、紡錘形に垂れ下がった美巨乳を掬《すく》い取り、二度三度と揉み潰した。

「やっぱり、おっぱいやわらかい!?　掌が蕩けそうですっ！」

大きく開いた掌を汗ばんだ乳肌の根元にあてがい、貴重な果実を搾り取るかのように、乳首の先までしごいていく。きれいな円を描いていた薄紅の乳暈が、いびつに変形した。

「いやあ、おっぱいしごいちゃいやです……。あっ、あっ、あっ、乳首が切ない……。ダメっ、いま乳首にされたらわたし……」

美人妻が懸念するのもムリはない。純ピンクの乳首は、むくりとそそり勃ち、はっきりと円筒形に勃起させているのだ。

「杏里さんは否定するでしょうが、乳首がこんなにコリコリになっているのは、ここを摘んで欲しいと訴えているからですよ」

言いながら乳首をやさしく摘み取り、こよりをよるような手つきで、くりくりっとひねっていく。

「あぁぁ、ダメです……。杏里は、乳首弱いのです……。あはぁ、ダ、ダメぇっ、乳首回しちゃダメぇ〜〜っ！」

しこる乳蕾は、官能を搾り取るためのダイヤルのよう。狼狽《ろうばい》しながらも感じまくる美人妻に、順平は嬉々として乳首を手指の間ですり潰した。

「あうぅっ……。順平さん、サディストのよう……。杏里に意地悪するたび、おち×ちんが、お腹の中でビクンビクンしています……。杏里を弄んで昂奮しているのですねっ！」

美人妻が逆襲するように、お尻の穴をきゅっと閉め下腹部に力を入れた。途端に、狭隘な膣孔がさらに窄まり、順平の屹立をたまらなく締めつけてくる。

「ねえ、お願いですから動かしてください……。恥ずかしいけど、本音を言います。イキたいの……！　杏里をイカせて欲しいのです……。ねえ、お願い、順平さんっ！お願いだから動かしてっ。おま×こを激しく突いてくださいっ!!」

焦らしに焦らした甲斐があった。勃起熱に爛《ただ》れた媚膣がやるせなく疼くらしい。小ぶりのサクランボほども勃起させた乳首も、媚熟妻の発情度合いを伝えている。首を捻《ね》じ曲げてこちらに向けられた美貌などは、せいろで蒸されたかと思うほど、シュンシュンと上気させていて、色っぽいことこの上ない。

「わ、判りました。う、動かしますよっ！　おま×こに中出ししていいのですね？　僕の子を孕んでくれるのですよね？」

律動をはじめれば、余命があっという間に尽きることを承知している順平は、改めて杏里に自らの子を孕む覚悟を確認した。

「お願いします。杏里に順平さんの赤ちゃんを孕ませてください！」

懇願する杏里に、順平はこくりと頷いた。

力の入らない杏里の左手を、順平はぎゅっと握りしめた。前屈みの杏里は腰を捩られて、上半身だけ横向きにされていく。垂れ下がる乳房が、重々しく形を変えて右に流れた。

この方がバックで責めながらも、美人妻の表情を確認できる。

引き締まった腰を一度大きく退かせ分身をずるずるっと引き抜いていく。カリ首の反《かえ》しが、これ以上引き抜かれてたまるかとばかりに、蜜壺の出口の際《きわ》で引っかかる。

その手応えを合図に、一転、力強く勃起を押し込み、自らの腰をやわらかな臀朶に打ちつけた。

「あうっ！」

肉棒で狭い肉筒を磨《みが》くように抉《えぐ》り、切っ先で子宮口をズンズンと叩く。

「はぁん……。あっ、あぁん……。そうなの、これよ、これが欲しかったのです……。あん、あん、あぁぁっ！」

スローテンポながら力強い抜き挿し。バックから膣奥を突かれているうちに、杏里の美貌がさらに真っ赤に染まり、顰《ひそ》められた眉にはっきりと悦楽の色を載せる。媚孔をズンズンと掘り起こすたび、朱唇は官能的に開き悩ましい声を漏らしてくれる。

「感じるの……。感じちゃっているの……。杏里は人妻なのに……。あの人のモノとは違うものを受け入れているのに……。ああ、いいの……。杏里、奥まで痺れてしまいます……」

美妻の腰の疼きは、大きな痺れに代わりはじめたらしい。自らも尻を浮かせては落とし、順平の抽送に合わせて官能を貪っている。

「ぐはあ、杏里さんのおま×こもいいです。物凄く食い締めてくるし、奥へ奥へと誘い込むように蠢いていています。ああ、いやらしいお尻の擦りつけも最高っ！」

順平の下腹部に婀娜っぽい臀朶を押し付けて大きな円を描いていく。

ふしだらな腰つきを晒しながら、身も世もなく、杏里は悦喜の啜り泣きを零していた。清楚な美貌を淫らによがり崩し、ひたすら官能を貪る牝獣と化している。

人妻の凄まじい淫蕩ぶりに、順平は興奮を煽られ、たまらずにその律動を速めた。

「あっ、あっ、あっ、すごい、すごい、すごい！　ああ、いいっ！　気持ちいいのっ……ああでも、杏里、おかしいのっ……もっと欲しくてしかたがないわっ！」

たっぷりとした肉尻を持ちあげ、さらに激しく突かれるのを待ちわびている。もはや隠しようもない快感に瞳を潤ませた媚妻は、その女体をじっとりと汗に濡らし、若牡から与えられる官能をさらにねだるのだ。

「だったら正攻法で突きまくりますね。その方が抜き挿しも激しくできますから」

そう告げた順平は、女陰を貫いたまま杏里の片方の脚の内側に手指を挿し込んだ。

グイと大きく太ももを持ち上げさせ、ひねらせていた牝腰を表返しにしていく。

婀娜っぽく左右に張り出したお尻をそのままベッドに着地させると、今度は美脚を大きくM字にくつろげさせて、正常位へと移行した。

「ああ、順平さん……」

真正面にきた順平の首筋に杏里の細腕が巻き付いてくる。しっとりと汗ばんだ太ももで順平の腰を挟み込み、きゅっと締め付けてくる。

「杏里さん、いくよ！」

律動を宣言すると、いきなり先端ギリギリまで肉棒を抜き上げてから、下方向に叩きつけるように押し込んでいく。

「きゃうううっ！　あぁん、激しいっ！　すごいっ！　すごいの！　順平さんの大きなおち×ちんが、杏里の膣中《なか》で暴れていますぅ……！」

媚妻の膣孔と順平の腰の間で、愛液がびちゃびちゃと飛び散った。

「杏里さん、凄い濡れ方ですね。おま×こも、カラダもびしょ濡れだ……」

「あううっ……恥ずかしぃ……。ああでも、気持ちよすぎるから……」

完全に男を受け入れる牝と化した杏里の肉裂はネトネトに濡れまくりながらも、引き抜こうとすると肉幹を名残惜《なごり》しげに締め付けて離そうとしない。

「知らなかった、杏里さんがこんなにいやらしい牝だったなんて……。赤ちゃんが欲しいなんて言いながら、本当は気持ちよくなりたかっただけでしょう？」

辱《はずかし》めるとさらに媚妻の女陰がきゅうっと締め付けてくる。若さ有り余る順平でも耐えがたいほどの締め付けだったが、さらに繰り返し深い打ち込みを続ける。

「熱いっ……熱いのっ……カラダ中があっ……つぅいいいいいっ」

骨まで溶け崩れそうなほどの甘い悦楽が女体を駆け回るのだろう。強張らせた美貌が左右に振られ、豊かな髪がおどろに振られる。濃艶な色香をまき散らし、熱い息をハァハァ吐いている。

「あう！　くはぁ！　奥が響いちゃう……。あん、いいっ！　気持ちいいぃっ！」

もはや歯止めなど利《き》かぬようだった。汲めども尽きぬ快美感に、ひたすら溺れている。くねりまくる女体をひしと抱きしめた順平は、深い乳房の谷間に顔を埋めながら腰だけを上下させ、ずぶずぶと女陰を突きまくる。

「あん、あん、あっ、あっ、あうううううぅ、ああああああんっ」

ひと突きひと突きを受け止めるたび、子宮のあたりがごうと燃えるのか、打ち込まれるたび、腰をクイックイっと跳ね上げてくる。

「おうううっ！　すごいよ、おま×こがまた蠢いている！」

突きをくらうたび、肛門を引き絞り、膣襞で勃起肉を甘く絡め取ろうとしている。熱い蜜壺を収縮させ、着実に順平をめくるめく官能の世界に導いてくれる。自分と同じ分だけ、気持ちよくなって欲しいのだろう。

「順平さんと私、セックスの相性がいいみたいです……。お互いの昂ぶりや快感が重なり合って……ああ、もう最っ高ぅ！」

ハーフの如き甘い顔立ちが、いまはそこに妖艶さがプラスされ、まるで内側から光り輝くよう。バラ色の頰。純ピンクに染まったデコルテと胸元。汗まみれに光り輝く裸身。ただでさえ美しいと感じていた杏里が、さらにその美しさを増している。

「綺麗だ。杏里。とっても綺麗だ。愛してる。愛しているよ、杏里！」

順平は熱く愛を告げながら、その手指を媚熟妻の下腹部へと運んだ。

肉の合わせ目にあるクリトリスを狙ったのだ。

器用に、指先を溢れ出す愛液に湿すと、充血する肉芽の頭にあてがった。痛みを与えないよう細心の注意を払い、繊細に指を蠢かせる。にもかかわらず、杏里はあっけないほど容易《たやす》く、初期絶頂に追い込まれてしまった。

「ひうんっ！　はうっ、あうっ、っく……そっ、そこダメです……イクっ……ああっ、クリトリス、イッちゃううううぅっ!!」

官能的な啼き声を吹き零しながら、形のよい唇を扇情的にわななかせる杏里。肉という肉が、あちこちで淫らな痙攣を繰り返している。花びらまでをひくひくさせて、貫く勃起肉にすがりついてきた。

「イッて……杏里、もっとイッて……！　杏里が乱れる姿を、もっともっと見たいんだっ！」

肉芽への指振動を留《とど》めることなく、勃起を奥に埋め込んだまま、腰をグリングリンと捏ねまわす。

たまらずに杏里が二度目三度目の絶頂に追い込まれていく。ガス欠を起こしたクルマのようにガクンガクンと痙攣を起こしている。

「あうん、あん……ああん……あうぅっ……あっ、あああああああぁぁ〜〜っ！」

はしたない牝獣の雄叫《おたけ》びをあげているのが、自分であることにも気づいていないらしい。

「ああ、杏里。なんてエロいんだ……。僕、昂奮しちゃうよっ！」

もはや恥も外聞もなく派手によがり啼く杏里の痴態に、順平は凄まじい昂奮状態に陥《おちい》った。気がつくと肉棒がやるせなくももどかしく、激しい射精衝動を訴えている。

「杏里……僕、ぼくぅ……」

恍惚《こうこつ》の表情で兆《きざ》したことを訴えると、瞳をトロンと潤ませた杏里が、順平の首筋に絡みつけた腕をさらに強く引き付けた。細腕のどこにそんな力があったのかと思われるほど、強い力でしがみついてくるのだ。

（杏里が、僕を求めてくれている。おんなに抱きしめられるのって気持ちいい！）

息苦しいほど、しがみついてくる杏里。上半身同様、下半身も膣肉が痛いほど肉棒を抱き締めてくれる。言うまでもなく杏里が受精を求めているのだ。

「イクよ、杏里。僕の子胤受け止めて！　その淫らな子宮口で全部、呑み干して！」

腰部だけを大きく蠢かせ律動を再開させる。硬く野太い男根で、牝妻を抉り、おんなの芯を捏ねまわす。

悩ましく眉間に皺を寄せ、紅潮させた頬を切なげに左右に振っている杏里。わななく朱唇を求め、順平は揺れる頤《おとがい》を追いかけた。

「ふもん……ちゅちゅるるっ……はふおおおっ……おおんっ……はあああああっ」

互いの涎が混ざり合い、額に滲む汗までも交換しあう。熱く口づけしながらなおも愛液と先走り汁を練り上げ、白い泡となって杏里の白い太ももを穢《けが》した。

「ふむううっ、来ちゃう……また、大きなのがきちゃうのっ……あ、あああああん……杏里、また恥をかいてしまうわ……イク、イク、イッちゃううううっ！」

整った清楚な美貌がよがり崩れるのをうっとりと見つめながら順平は射精態勢に入った。

肉傘をぶわっと膨らませ、自らの欲求を満たすだけの直線的な抜き挿しを繰り返す。目の前で上下に揺れる媚巨乳を力任せに揉みあげた。

「あふうん、ああっ。はああああん……っ！」

杏里もまた順平の道連れとなり、暴虐の嵐にもみくちゃにされて幾度も昇りつめている。狂おしい感覚が限りなく膨張しては、爆発するのだろう。

艶めかしい啜り泣きを晒し、悩ましいイキ貌を晒している。

一度の交わりで、媚妻はいったい何度達したのだろう。しかも、昇り詰めるたび、その悦びが深みを増すらしく、その乱れ方もどんどん奔放に、さらにふしだらになっていく。牝獣の如き咆哮《ほうこう》を上げて、イキ狂うのだ。

「ぐおおおっ……でっ、射精《で》るよ！　あ、杏里ぃ～～……っ!?」

三十路妻のあまりに卑猥な顔つきに、ついに順平は吐精した。

膨れあがった肉傘を膣奥に留め、その動きをピタリと止めて、胎内でボンッと爆《は》ぜさせた。そう思えるほど、熱く強烈な射精だった。

鈴口がぶびゅびゅっと濃厚で多量の精液を吐き出す音さえ聞こえた気がする。

「あっ、あっ、あぁ、呑んでいる……。杏里の子宮が、順平さんの精子を呑んでいる……。あぁ、素敵っ。なんて幸せなの……」

女体をびくんびくんと波打たせ、媚妻は魂まで満たされる絶頂に浸っている。

腕が白くなるほど順平の首筋を抱きしめ、これまで誰にも聞かせたことがないであろうほどの淫らなよがり啼きを披露してくれている。

「はあああああああっ……。い、いっぱいなの……杏里のお腹の中……順平さんの精子で……いっぱいいっ……はああああああああぁ……っ！」

順平もまた全身をぶるぶると震わせながら、骨も、肉も、神経も、心までも蕩かして、この世のものとは思えぬ悦楽に酔い痴れている。

美人妻への種付けに、男として味わえる最高の満足を得たのだ。

未だ順平の首筋にしがみついている杏里の腕に力が込められた。抵抗することなく素直に順平も引き寄せられる。

絶頂の余韻に蕩けた表情の媚妻が、年下の恋人に愛情いっぱいの口づけをくれた。

第三章　淫ら看護師の肉悦

1

「はうぅ……っ。あっ、ああん、そんなところばかり舐めないでくださいぃ……。もうっ！　順平さんのエッチ……！」

杏里の内ももの特にやわらかい所に唇を吸い付け、滑らかな肌をレロレロと舐めしゃぶる。

あの日以来、順平は杏里の部屋に足しげく通うようになった。

杏里の部屋と言っても、同じリハビリセンターの中の部屋だ。

リハビリセンターの職員は、交代で宿直することが決まりとなっている。元々がリゾートホテルであるため、有り余っている部屋が職員一人一人専用に割り当てられているのだ。

職員たちの占有フロアは二階と三階にあり、その上の四階と五階が有能力者用に充てられている。

菜桜専用の部屋も三階にあるそうだが、彼女が宿直する時は、順平の部屋に寝泊まりすることが常となっていて、それがおよそ週の半分。残りの菜桜のいない夜に、もっぱら杏里の部屋に夜這いを仕掛けるようになっていた。

「こそこそすることはないのですよ。順平さん。私がいない夜ばかりでなく、好きに過ごして構わないのですよ……。それも含めてリハビリと心得ていますから……」

自分の他に新たなパートナーができたと薄々勘づいたらしい菜桜から、そんな風に言われ、一瞬にして背筋が凍り付いた。

「浮気じゃないです。杏里さんからどうしても僕の子胤が欲しいと頼まれて……」

「そう。お相手は、杏里さんなの……。でも、彼女だったら安心です。私のいない夜でも、きちんと順平さんの面倒を見てもらえそう」

焦るあまり杏里の名を口走った己の迂闊《うかつ》さを罵《ののし》った。けれど、バレたものは仕方がない。

「ごめんね。菜桜さん。でも勘違いしないで。菜桜さんのことが一番だから……。愛してるよ菜桜さん……」

懸命に謝りながら、美人教官をひしと抱き寄せる。

「ですから、好きに過ごして構いません。私は順平さんの担当教官で、妻でも恋人でもないのですから……。もう、こんな時にだけ、さんづけして……。知りません！」

構わないと言っていながら、久しぶりにアイスドールの仮面を張り付ける辺り、菜桜は焼きもちを焼いているらしい。それが判り順平は、少しホッとした。焼いてくれるということは、裏返しに順平を想ってくれている証拠でもあるのだ。

事実、可愛い悋気を露わにした彼女をベッドに誘うと、いつも以上に積極的に、そしていつも以上に奔放におんなの本性を晒してくれた。

そのまま、しっぽりと熱い夜を過ごした後、菜桜から、「ちゃんと杏里さんも大切にしてあげてくださいね。キチンと公平にしてください」とくぎを刺された。

こうして菜桜の公認で、杏里と枕を共にするようになったのだが、今度は杏里が菜桜に気兼ねして、「これからは杏里とは、順平さんのお部屋以外で……」と言われ、結局順平からこの部屋に出向くようになったのだ。

有能力者である順平の部屋とは違い、専有面積が格段に狭く、ベッドも小さい。

とは言うものの、そこは元リゾートホテルで、狭いと言っても順平のアパートなどよりもよほど広い。備え付けのベッドもダブルサイズだから、二人で寝るには十分だった。

菜桜同様、時には一晩中も杏里の成熟した肉体を抱いている。

夏も残り僅か、頭の隅では、ここでのリハビリも終盤を迎えていることが引っかかっている。いつしか菜桜と杏里のお陰で、すっかりここを出たくなくなっていた。

もはや、リハビリなどまるで必要のないほど、目前の媚麗な肢体の前で、他愛もなく一匹の牡獣と化してしまう自分がいる。

心は、菜桜と杏里への想いで溢れている。

一回り以上年上であり、理知的で分別もある菜桜が、このままずっと順平のものになってくれるかどうか。人妻である杏里は、順平の子を宿したらすぐにでも、夫の元に帰ってしまうのだろう。

その不安があるから順平は燃えるのだとも言える。つまりは、それだけ順平の心の奥深くに菜桜と杏里が棲みついているのだ。

「杏里のつるつるのお肌、美味しい。いつまで舐めていても飽きないよ……」

媚妻の内ももに口づけしながら新鮮な肉色をした秘め貝をちょんちょんと指先で悪戯してやる。

昨晩も散々突きまくり吐精した女陰は、さすがに肉ビラが少し型崩れを起こし左右のバランスを崩している。けれど、まるでその魅力は薄れないどころか、むしろ増すばかり。

「あん……あっ、あはぁ……んんっ」

恥じらいつつも杏里は、順平の邪魔立てをしないどころか、ダブルベッドに仰向けになったまま美脚を大きくM字にくつろげてくれる。

開かれた股間に連れられて女陰もぱっくりと口を開いている。肉厚なスリットの陰影は深くしなやかで、その内奥からは甘酸っぱい牝臭がプーンと香ってくる。

「杏里のおま×こからは、いつも甘い香りがする……」

何度対面しても興奮をそそられる眺めに、喉がカラカラになる。

「ああ、また見ているのね。杏里の奥まで……。夫にもこんな恥ずかしいところ見せたことないのに……」

成熟したおんなの淫靡さが際立《きわだ》つ肉花びらを、順平は指先で突いた。

「はううっ！　あん、もう、悪戯ばかり……スケべぇ……。あっ、あぁんっ！」

クスクス笑いながらもセクシーに吐息を漏らす杏里。男女の仲になった慣れが、その距離感を縮めている。それでいていつまでも恥じらいを忘れない杏里なのだ。

「こんなに敏感だと、またすぐにイッちゃいそうだね。そんなに気持ちいいの？僕のことスケベって言うけど、僕よりずっと杏里の方がスケベだよね！」

辱めの言葉を浴びせながら媚麗な女体をあやしていく。肉体を発情させ通しの媚妻だから丁寧な愛撫に感じてしまうのは当然。それを論《あげつら》い被虐を煽ると杏里がより激しく乱れると知ってからは、意地悪な言葉ばかり浴びせている。

「本当は恥ずかしいのよ。でも、いいわ。順平さんのお好きにどうぞっ」

杏里には、幾度も〝さん〟付けをやめるよう求めている。けれど、興奮が高まると、結局「順平さん」に戻ってしまう。

嬉々として順平は、むっちりとした太ももに腕を回して抱え込み、その唇を下腹部へと近づけた。

学んだことを頭の中で反芻しつつ、順平なりのアレンジを加え愛撫する。

下腹部を責めるにも、初手はまっすぐに女陰には向かわず、太ももの付け根をしゃぶりつけ、指では肉丘の恥毛を梳《くしけず》るといった具合。

次に、繊細な毛質を愉しんでから秘丘を指先でやさしく揉み込む。陰毛がつっぱり、媚肉がやわらかくひしゃげると、じわっと汁気が内奥から滲んだ。

「あぁんっ！　うふぅ……ふぅんっ……あっ、ああんっ」

零れ落ちる杏里の喘ぎが、徐々に甲高さを増すに従い、効果ありと見た順平は、ようやく、ちろりとはみ出した肉花びらの表面に指先で小さく円を描いていく。

「あああぁっ、あン……んふぅ、ううっ、おぅ、おぉん……」

杏里が鉤状にした人差し指を朱唇に押し当てる。漏れ出そうとする啼き声を憚《はばか》ってのことだろう。

元リゾートホテルの壁には、そこそこ防音がなされているはずだが、艶めかしい声が洩れると同僚の耳に入ることになる。それを気にしているのだ。

順平としては、そんなことはお構いなしどころか、むしろ、漏らすまいとする媚妻の姿が物凄く色っぽく感じられ、一層苛《いじ》めてしまいたくなるばかり。

「んんっ……んふぅ、あんっ……あぁ、そこ……んふぅ、あっ、あぁん……！」

指の圧迫を逃れようとするものか、あるいは鋭い喜悦がたまらないのか、悩ましく細腰を揺らめかせている。

薄っすらと熟脂肪を載せた腹部が、切なげに波打つさまはエロスそのもの。

「どう。感じる？　気持ちよさそうだよね。もう少し激しくしても大丈夫かなあ？」

尋ねながらも反応を見極め、たっぷりと媚妻の官能を揺さぶっていく。

縦に刻まれた鮮紅色の亀裂から温かな蜜液が次々に溢れ出る。

「ん、んふぅっ！　か、感じちゃう……。浅ましいほど感じちゃうのっ!!」

杏里が快感に身を委ね、背筋をぎゅんとエビ反らせると、腹部の美しさが強調される。豊かな乳房が、官能的にデコルテの方向に流れた。

「ああ、やっぱり、いい匂い。甘くて、少し酸味があって……。杏里は、どこもかしこも、いい匂いだ！」

恥丘を覆う繊毛に鼻先を埋め、うっとりつぶやいた。

そして、ところかまわずキスの雨を降らせる。

「うっ、あん、んあぁ、そ、そんなこと……」

媚妻が身を捩り、甲高く喘ぎ啼く。

「んん、んふぅ、つく……。順平さんの舌いやらしい……そんなに舐めないで……」

チュッチュッと肉びらにキスを注いでから、花びらの一枚を口腔内に迎え入れ、たっぷりと舐めしゃぶる。

もう一枚の花弁をしゃぶりつける頃には、淫裂の内奥から多量の蜜液がじゅくじゅくと染み出している。

「うわあああっ。おま×こ、おもらししたみたい……。お汁がいっぱいに垂れていますよ……。ああ、太ももまでべっとり……」

またしても辱めると、流線型の女体がぶるぶるっと震えた。

「もう！　順平さんったら杏里を辱めてばかり……。少しは褒めてくれてもいいじゃないですかぁ……！」

彼女らしい言い回しながらも、なおビクンビクンと女体を派手に震わせる。

順平は、杏里の嬌態に見惚れながら、ついに舌先を硬い筒状に尖らせて、淫裂の内側へと埋没させた。

やわらかな肉襞をからめ取りつつ、チロチロと舌先でほぐすのだ。

どんなに舌を伸ばしても割れ目の入り口付近を舐め啜《すす》るばかりだが、それでも十二分に効果はあった。

「くふううう……あ、あうう……あ、ああぅぅ」

悩ましい女体を激しい悦楽に包まれ、何度も繰りかえし細身を震わせている。

枕に載せられた整った美貌は、艶っぽくも妖しく歪んでいた。

「杏里のおま×こ、海に口を着けているみたい。でも、どうしてだろう甘く感じるのは……。やっぱり女体って神秘だよね……」

うっとりと感想を告げてから、またぞろ女陰に舞い戻り、小刻みに顔面を振動させる。

「あんっ。順平さんにお腹の中を舐められるこの感じ……。ああん。カラダが火照る。たまらなく、熱いいっ！」

眉を折り曲げ、美しい歯並びをこぼして激烈な恥悦にあえぐ杏里。しっかりと空調を効かせても、熟妻の体温の急上昇に伴い、部屋はひどく蒸し暑い。

（おんなを開発するって、こういうことかあ……）

新型インフル禍に見舞われたのは、杏里夫婦が結婚して間もなくのことと聞いている。性交渉のない新婚生活を送り、現在にまで至る女体が、欲求不満を抱えているのも当たり前のこと。まして三十路に突入した女体は、若いころに比べてさらに性欲が増すものと聞く。

（しかも杏里は、これほどエロいカラダをしているのだから、よっぽど辛かっただろうな……）

余計なお世話ながら想像するだけで可哀そうになり、だからこそより以上の悦びを与えたくなる。

「うふぅ……僕にお腹の中を舐められてイッれひまいそうなんらね。杏里が、一番気持ちのいいところ舐めてあげりゅからね……っ！」

膣奥から多量に分泌される蜜液を懸命に舐め取りながら、ねちょねちょになっている粘膜壁を貪り続ける。

ぽってりとした鶏冠《とさか》状の肉花びらが、悩ましくヒクついている。頻繁に内ももがビクン、ビクンと官能味たっぷりに痙攣を起こすのは、絶頂が近づいた証しだろう。

「ううううっ。ああ、ダメぇ……またイッてしまう……。あっ、あぁ、もうきちゃう……大きなのがくる……杏里、イクぅううぅ～～っ！」

ついには、声を憚ることもできなくなった杏里は奔放に絶叫しながら、ぐぐぐっと四肢を突っ張らせた。

押し寄せるアクメに全身を強く息ませ、女体を硬直させている。色白の女体のほとんどが、ボーッとピンクに染まるほどだ。

（すごい、すごい、すごい。杏里が、またイッてる。人妻って、熟女って、こんなに淫らなんだ……。ああ、でもやっぱり綺麗だ……）

悦びを爆発させる媚妻を上目づかいで盗み見ながら、順平はふたたび花唇へと口腔を移した。

蜜液はぐっと粘りを増し、酸味が強くなっている。いわゆる本気汁というやつだ。

べったりと口をつけると、杏里は美尻を高く掲げ、口唇に下腹部を捧げてくれる。

「あ、ああ！　気持ちよすぎちゃう……。お願い。順平さん、お願いだから膣内《なか》に挿入《い》れて……。また、順平さんの子種を杏里の子宮にちょうだい！」

いやらしく腰を波打たせたまま媚妻が、色っぽいおねだりをしてくれる。

一も二もなく順平は頷くと、イキ極めたばかりの女体を逸物で貫き、さらに追い詰めようと律動を開始した。

2

「うわあぁぁ……。さすがに体が重いよぉ」

もうすぐ八月が終わろうとしている。にもかかわらず、未だ窓から差し込む日差しは衰えないばかりか、むしろその勢いが増している気がする。

午前六時とまだ朝早いのに、早くも気温は上昇をはじめている。

夜中に部屋を抜け出し、杏里のベッドに潜り込んでは、一晩中その豊麗な女体を貪った。昼には昼でリハビリと称して菜桜を抱くのが、順平の日課となっている。

我ながらよくも、これほど性欲が尽きないと思うのだが、セックスすればするほど性欲が強くなるように思われる。それは、どうやら彼女たちも同じらしく、口では拒むようなことを言いながらも、むしろ積極的に迎えてくれる。

「もう。順平さんったら。少しは休ませて。こんなに何度も極めさせられてばかりでは……。それも毎晩だなんてカラダが持ちません……」

「でも、約束してくれたよね。ここにいる間は、いつでも杏里のおま×こに僕のち×ぽを挿入させてくれるって……。それに確実に妊娠したいなら、少しでも多く子胤を注がれる方がいいでしょう?」

「あん、それはそうだけど……あっ、あはん、そ、そこは……。ああ、でも……んっ、んふぅ……毎晩ここにいらしては、菜桜さんに申し訳なくて……。だって、もうすぐ、順平さんはここを……あっ、あはぁぁ……っ!」

悦楽に美貌を歪めながら美妻は、そんな心配をしている。

あまりにも感じ過ぎる自らを恥じ、あえて現実的な会話に逃避するのだろう。

「大丈夫。菜桜とは日中にずっと……。ああ、でも確かに、もうすぐここを……。だから、それまでに絶対、杏里を孕まさなくちゃ……!」

たとえ順平が、騒ごうが喚《わめ》こうが、ここでの生活が残り一週間ほどである現実は変わらない。ならば、充実したリハビリ生活の置き土産に、本気で杏里に子を授《さず》けたい。好いたおんなを孕ませたい牡の本能もあったが、純粋に、杏里の願いを叶えてやりたい気持ちが強かった。

托卵するカッコウのようで、産まれてくる子の父親としては無責任極まりないものの、本当に杏里が懐妊したなら国が面倒を見てくれるから心配はない。大義名分を得て、順平を魅了してやまない媚妻の女体に好き放題に注ぐのだから、これ以上の役得もないものだ。

けれど、杏里の言う通り、順平がここを去る日は刻一刻と近づいている。菜桜と杏里が、めいっぱいに甘やかしてくれるから順平はすっかり帰りたくなっている。

ここに来る当初、あれほど憂鬱に思えたことが、今はウソのようだ。

いっそのこと二人の美女にプロポーズしてはどうだろうとも思う。

人妻の杏里はともかく、菜桜には受け入れてもらえないものだろうか。

そして、もう一人、密かに順平には未練を残す人がいる。

準医療士の資格を持つ特殊看護師の有原瑠奈だ。

熱中症騒動以来、順平は、暇を見つけては、瑠奈が詰めている医務室に足しげく通っていた。

いくら菜桜が順平専属の教官であっても、ずっと側にいてくれるわけではない。

菜桜には翻訳の仕事もあるため、順平も我がままばかりを言ってはいられない。

杏里は杏里で、ここのスタッフとしての仕事があるため、暇ができることが多く、そのつど瑠奈の医務室に通い詰めているのだ。

(瑠奈さんのイキ貌ってどんなかなあ……。あの色っぽい貌がよがり崩れたら凄いだろうなあ……。だけど、スーパー看護師の瑠奈さんが、僕の相手なんかしてくれるはずないか……)

今しがた杏里のベッドから抜け出したばかりなのに、そんなことを考えている。

仕事に出なければならない杏里に「朝早くてごめんなさい」と送り出され、朝帰りよろしく部屋に戻る途中だった。

「私の顔って、普段からそんなに色っぽく見えるの？」

独り言を口にしながら、ぼーっとエレベーターを待っていた順平の背中に、突然声が浴びせかけられた。

慌てて振り向くと、そこには有原瑠奈が立っていた。

「えっ！　る、瑠奈さん……？　な、何でえ……？」

飛び上がらんばかりに驚く順平の様子に、瑠奈はコケティッシュに笑っている。

普段は白衣に隠されている肢体が、肌のほとんどを露出させたタンクトップとショートパンツに包まれている。

(うわあああぁっ！　瑠奈さん。なんて悩ましいお姿で……！)

胸のふくらみが豊かな事や、いかにも女性らしい腰の張り出しには気づいていたが、女体全体のシルエットまでは、白衣に邪魔され認識できていなかった。

特に、ウエストが驚くほどに細いため、ボン、キュッ、ボンのメリハリボディがひどく強調されている。八十センチを半ば以上越えていそうなバストトップから確実に三十センチはくびれさせているだろう。そこから急激に張り出した艶腰は、悩ましい骨盤の広さに、やわらかムチムチに丸みをのせ、やはり八十センチ超えの堂々たるボリュームを誇っている。

ただでさえ色っぽいとは思っていたが、瑠奈がこれほどの肢体の持ち主であろうとは、ついぞ気づかずにきた。

「何でって……。私の部屋、そこの311号室だもの。これから朝のジョギングなの。順平くんは？　ああ、朝帰りね……」

したり顔で頷く瑠奈に、順平はなんと返せばいいのか判らない。

「で、どうなの？　本気で私のイキ貌を、見たい……？　うふふ、ちゃんと上手に口説けたらね。あっ、エレベーター来たよ。順平くんは上でしょう。ほら、乗って乗って……」

頭の中を真っ白にさせた順平の背中を押してエレベーターに乗せてくれる。

「じゃあねえ……」

エレベーターの扉が閉まるその瞬間まで明るく手を振ってくれる瑠奈。その小悪魔的な可愛さに順平は、完全にノックアウトされている。

「ちゃんと口説けたらって、本当にやらせてくれるのかな？　でも、どう口説けって言うんだよ……」

一人呟く声が、エレベーターではやけに大きく響いた。

3

（僕、何をやっているんだろう……。決めたのだからしゃんとしろ！）

医務室へと続く廊下で、今一度順平は、自らに気合を入れた。

この数日、瑠奈の姿を見かけては、すっと物陰に潜み、ストーカーまがいに後をつけたりしていた。声をかけたいのはやまやまだが、彼女から投げかけられた課題の解答が見つからないのだ。

〝ちゃんと上手に口説く〟には、どうすればいいのか見当もつかない。

思えば、菜桜から教わっているのはベッドの中でのことばかりで、そこに至るまでの〝口説き方〟をまるで教わっていなかった。

杏里と結ばれたのだって、いわば成り行きのようなもので、しかも彼女の方に順平の子胤という目的があったから成立したような関係なのだ。

「ベッドインさえしてしまえば、何とかなると思うけど……」

このまま瑠奈の前に立ったとしても、うまく言葉を紡げそうにはない。

会話の糸口はおろか、取り付く島さえないかもしれないのだ。

暇に任せて足しげく通っていた頃は、意識することなく、普通に会話を成立させていた。菜桜や杏里のお陰で女性に対する免疫もない訳ではない。けれど、事前に口説き文句を考えても、何一つ浮かばないのだ。

思えば、エレベーターホールで瑠奈と遭遇したあの時も、ほとんど言葉が浮かばなかった。確かにあれは瑠奈のイキ貌云々の独り言を当人に聞かれた結果、頭の中が真っ白になったお陰なのだが、以来、瑠奈の美貌を思い浮かべただけでも息が詰まり、言葉など出てこなくなっている。そのくせ、あの時のコケティッシュな笑顔が瞼《まぶた》の裏に張り付いて、寝ても覚めても彼女の顔がチラつく始末なのだ。

さすがに菜桜に相談するわけにもいかず、だからといって、この状況をどう打破すればよいのかも判らない。

（だけど、このままでは、辛すぎる……）

いつの間にか瑠奈の存在が、自分の中で膨らんでいることを思い知った。

やりたい相手との第一印象が、恋の対象に変わっていたのだ。

思いあぐねた末に、なけなしの勇気を振い、医務室を訪ねる決心をした。

順平の背中を押したのは、他でもない瑠奈の『本気で私のイキ貌、見たい……？　ちゃんと上手に口説けたらね……』という例のセリフだった。

微妙な言い回しながら、裏には、上手に口説けたら相手をしてあげるとの意味が込められているに違いなかった。

（そうだよ……。僕は瑠奈さんとエッチがしたい。でも、それはただ単にやりたいだけじゃないんだ。明らかに僕は瑠奈さんを意識している。瑠奈さんのことが好きなんだ……。その思いだけでも、伝えよう！）

いずれにしても、この施設にいられるのも、あと数日。ならば旅の恥はかき捨てではないが、たとえ気まずい思いをしても数日のことで終わる。

当たって砕けて去る方が、未練を残さずに済むだろう。

天性の楽天家でもある順平は、ようやく踏ん切りをつけ、医務室へと向かったのだ。

幸い今日は、菜桜も杏里も休みのため施設にいない。

菜桜は、翻訳の締め切りに忙しいはずで、杏里は久しぶりに夫と買い物に出かけると言っていた。

「落ち着け順平。焦るとろくなことがないぞ」

ようよう辿《たど》り着いた医務室の前で、一度大きく深呼吸してからそのドアを、二度三度とノックした。

「瑠奈さん……。あれっ、いらっしゃいませんかぁ？」

返事のないことに拍子抜けしながらノブを回すと、マホガニー製の重厚なドアは意外なほどあっさりと開いた。

扉のオートロックは、外されている。

「えーと。どうしようかな……。瑠奈さ〜ん。お邪魔しちゃいますよぅ」

及び腰ながらも、部屋の奥へと足を踏み入れた。

この医務室も、元は客室であったものを転用したものであるらしい。

診療するための部屋と瑠奈の執務室との二部屋で構成されている。

「瑠奈さん。奥の部屋ですかぁ……？」

どこかで気後《きおく》れしているせいか、意味なく小声になっている。まるでコントに出てくる泥棒のように、大きな背中を丸め、抜き足差し足していた。

（これじゃあ、空き巣か何かみたいだ……）

さすがにまずいと思い、引き返そうとしたその時だった。

奥の執務室で、人の気配がした。どうやら瑠奈は、そちらの方にいるようだ。

どうするか迷ったものの、この機を逃すと、せっかくの決意が鈍るかもしれないと、執務室に足を向けた。

その時だった──。

「んっ……。んっ……。んんっ……」

奥の扉から、くぐもった声が漏れ聞えた。

（えっ？　まさか……！）

一瞬足を止めて、聞き耳を立てる。

「あっ、んん……っ。っく、んふぅっ……。ほぅぅ……」

湧き上がる疑念は確信に変わり、雑念へと変化を遂げた。あり得ない展開に胸が高鳴る。

「あふんっ、ああ、いやっ！　こ、こんないやらしいことっ!!」

艶めかしい鼻声が扉の奥から響き、こちらの部屋に溢れた。

（えええっ！　そんな……）

驚きのあまり叫び出しそうになるのを順平は必死に抑えた。

あの色っぽい特殊看護師が、絹ごしのような滑らかな声質を際限なしの甘さで、吹き零しているのだ。

(ど、どうしよう……。男といるのかな……。他の有能力者に先を越された……?)

この場を立ち去るべきであることは、重々承知しながらも、どうしてもそれが気になって仕方がない。

「んっ、んんっ! ああ、き、気持ちいい……どうしちゃったの私? こんなこと、今まで一度もなかったのに……」

艶めかしい声と共に、衣擦《きぬず》れの音までがはっきりと漏れ聞える。それもそのはずで、執務室のドアはわずかながら開いているのだ。

(だ、だめだよ……覗いたりしちゃあいけない……)

懸命に良心を励ますのだが、ドアの隙間はまるで誘うように順平を呼んでいた。

「ほうんっ……だ、だめよ瑠奈! そんなとこ触っちゃダメっ。後戻りできなくなるわよ……」

ねっとりと糸を引くような声に、妖しい水音が続いた気がした。この距離では、順平の妄想に過ぎないが、頭の中を真っ白にさせる効果はあった。

衝動に突き動かされ、またしても忍び足でドアに近づき、隙間に顔を寄せる。

ガンと後頭部を殴られるような衝撃を受けると共に、ドクン!!　と下半身が一気に沸騰《ふっとう》した。

視覚、嗅覚、聴覚が、強烈な刺激を受けたのだ。

眼に飛び込んできたのは、執務机の前に設《しつら》えられた応接セットの長椅子に、しどけなく横たわった瑠奈の姿だった。

鼻腔をくすぐるのは、熟れたおんなだけが放つことができるフェロモンたっぷりの淫香だ。

耳を刺激したのは、健常な男であれば、たちどころに誑かさずにおかない艶声だった。

大きく白衣をくつろげ、短めの丈《たけ》のスカートの裾をまくり上げ、ブラウスのボタンを半ばまで外して乳白色の素肌のあちこちを覗かせている。

すべやかに揺蕩う二の腕、太ももの付け根まで露わとなった両脚、そして容《かたち》のよい乳房が、白日の下、惜しげもなく晒されているのだ。

シミ一つない眩いばかりの柔肌には、無数の汗を宝石のように散りばめ、妖しいきらめきを瞬《またた》かせている。

ソファに細身の女体をしどけなくも横たえ、息苦しいまでに蠱惑的に美人看護師が自慰に耽っているのだ。

（こ、こんな……な、なんて凄いんだ……）

無意識のうちに順平は、自らの股間を握りしめていた。

「おうっ……はふううっ……あっ、あぁっ……。どうしたらいいの？　気持ちいいの止められないっ」

胸元を覆う赤い下着と、ベシャメルソースを溶かしこんだような肌が、網膜に焼きつく鮮やかな紅白だった。

（ああ、瑠奈さん……なんてきれいで、淫靡で、ふしだらで……）

細い右腕が獲物を狙う白蛇のように、左の胸のふくらみに伸び、やわらかそうな丸みをたぷんと揺らした。まろやかな乳肌を、まっすぐにそろえた四本の指が覆い、なめらかに撫でさする。

余程もどかしくなったのか、ついには自らの背筋に手を回しブラジャーの締め付けを外すと、再び掌で頂上付近を覆い、まさぐるように圧迫しては、乳首への甘い電流を味わっている。

つやつやぴかぴかの美肌に覆われたしなやかな足が、伸びたり縮んだりをくりかえしている。

「あんんっ……熱い、乳房が熱いわ……おおん、はああっ……疼いちゃう……あそこがムズ痒いのっ」

四本の指と親指の間に、小指の先ほどにまで昂った乳首が薄茶色した乳暈ごと摑み取られた。さらなる波動を追い求め、グリグリとよじりあげるのだ。

「ひうんっ……ほううううっ……あっ、乳首いいっ！」

愛らしく小鼻が膨らんだ。ぽってりと官能味溢れる唇がわなないている。苦しげに寄せられた眉根が、いかにも艶めかしい。

（あああああ、す、凄すぎる。こんなにエロい貌を瑠奈さんはするんだ……）

瑠奈の繊細な掌が、容《かたち》のよい膨らみを乳首ごと揉みつぶす。その手の動きには、一揉みごとに、異なる強弱がつけられていた。

ブラジャーの支えを失った乳房は、それでも優美なティアドロップ型のドームを形作っている。そのドームを壊そうかとでもするように、下方から圧迫し、あるいは押しつけるようにして、捏ねまわしている。

淫靡に歪み、変形するほどに、乳肌が欲情の薄紅を纏っていく。

細くしなやかな手指が、乳肌に食い込んでは離れる。またしても掌が乳首を擦り、熟脂肪の中へと圧《お》し潰す。朱唇があえかに開き、吐息が絶えず口元から零れ落ちた。

「むふぅ、んんっ、んんっ……」

おずおずと左手が、下腹部へと降りていった。

（ああ、瑠奈さんが、おま×こを擦るっ!!）

あり得ない光景に、順平はごくりと生唾を呑んだ。喉を鳴らすその音が、彼女に聞えてしまわないかと気が気ではない。

「ああ、いけないのに。ここに触ってしまうと、もっと我慢できなくなるのに……」

中指を中心にした三本の指が、股間の中心に添えられた。立て膝した太ももがびくんと震える。わずかに触れただけでも、新鮮な淫波が全身に広がるようだ。

右の細い足首に繊細なレースの施された鮮紅色のパンティがまとわりついている。脱ぎ散らかされたストッキングは、美脚の側に丸められている。

（ああ、もう脱いじゃってるんだあ……）

立て膝に邪魔され、肝心の下腹部が順平からは覗けない。けれど、この分だと瑠奈の花びらは、ぬるりとした愛液にすっかり覆われているはずだ。

順平の顔に吹きつけるムンムンとした淫風の源泉が、美人看護師の熟れた女陰から滴《したた》る愛蜜なのだ。

（挿入《い》れちゃうのですね。瑠奈さん、おま×こに指を挿入《い》れちゃうのですね……！）

手首がぐっと折れ曲がり、くちゅんっと粘着質な水音がした。

「はうううううっ……。ふうぅぅっ……あっ、あぁぁぁぁ〜〜っ！」

ぐぐっと、美貌が持ちあがった。長い髪を後頭部でお団子にまとめ、細《ほ》っそりした首筋を覗かせる。そこからも艶やかにもしっとりした色香が鮮烈に放たれている。

「あ、ああ、どうしよう……。ふううっ、ふううっ……ここに何かを埋めるの久しぶりなのに……はふうっ……こ、こんなにあそこが悦んでしまうなんて……」

悩ましく息を吐きながら独白する瑠奈。その指先が、徐々にリズミカルに動きだし、湧き上がる甘美な電流を追っていく。

手指が揺らめくたび、美しい肢体がびくんびくんと派手に痙攣を繰り返す。

「あっ、ああん……。いいっ、気持ちいいわっ……もうイッちゃいそうっ」

時が止まったような空間で、繊細な指だけが規則正しく動き、快美な陶酔を汲み取っている。奔放なよがり声と手指が掻き立てる水音が、執務室を淫靡に色づけた。

（イッちゃう？　うそだっ、あの瑠奈さんがイッちゃうなんてっ！）

淫裂に突き刺した指先が、胎内をかき回し、溢れる淫蜜を白い泡に練り上げる。

「ああ、イクっ……。ねえ、もう少し……もう少しで瑠奈イッてしまうの……。ねえ、してっ……。ああ、もっとしてっ。順平くぅん！」

思いがけない名前が、絶頂にわななく朱唇から飛び出した。何と瑠奈は、順平とのSEXを思い浮かべ、自慰に耽っていたのだ。

あまりのことに動揺した順平は、ガンと膝をドアにぶつけた。音を立てた張本人さえ驚き、飛び上がらんばかりの物音。一瞬にして、あたりの空気が凍りついた。

4

ソファの上とドアの脇、絡みあう順平と瑠奈の視線。十秒ほども間があってから、悲鳴が上がった。

「きゃ～あああっ!!」

実際はもっと短い間であったのかもしれない。けれど、順平には、その数瞬がものすごく長い時間に感じられた。と同時に、絹を裂くような悲鳴が響いた瞬間から、止まっていた時間が急に動きはじめた。

「あっ、あの……。その、だから、えーと……」

言い訳をするべきであると判っていても言葉一つ浮かばない。

「出てって！　あっちへ行って！」

険のある鋭い声が突き刺さった。

はだけた胸元を抱きかかえながら、乱れた服の裾をあわてて直す瑠奈。けれど、足首に残されたパンティを穿き直す余裕まではないようだ。

「え、あ、うっ……」

立ち去ることも言い訳もできないでいる間にも、露出していた艶めかしい太ももが、スカートの奥に吸い込まれた。美しい乳房も、せっかくのまろやかなフォルムも台無しに、ブラウスの中に押し込まれる。けれど、パンティ同様に、深紅のブラジャーもきちんとつけ直す暇がないから、ぞんざいに押し込まれた分、おかしな具合に薄布が膨らんでいる。

「す、すみませんでした……。僕、ほんとうは覗く気なんて……。いいえ。やっぱり、それは嘘です。そんな気がなかったなんて言い訳にもなりません」

衣服の乱れを直し、ソファから立ち上がる美人看護師。紅潮させた頬は、怒りの表れか、はたまた絶頂の名残か、順平には見当もつかない。未だ色っぽい気配が濃厚に漂ってくるのだが、もはやそれどころではなかった。

「でも、僕、瑠奈さんのことが好きで……。上手に口説く方法を懸命に考えて……。

でも、思いつかなくて……。だから、想いだけでも伝えようと……。そしたら……」

どう言い繕っても説得力などまるでない。絶望的な状況に、立っているのも辛くなった。

「もういいわっ。お願いだから……あっちへ行ってちょうだいっ……」

とげとげしい険は、幾分和《やわ》らいだものの許された訳ではなさそうだ。

「君が、立ち去らないのなら私が……」

立ち上がった瑠奈は、逃げるような足取りで、立ち尽くす順平の前を横切ろうとした。ふわりと甘い牝臭が鼻先を掠める。通り過ぎようとする寸前、咄嗟《とっさ》にその細腕を捕まえた。

グイッと引っ張られる形になった瑠奈が、その拍子に順平と向かい合わせになった。二人の視線が、またしても交差する。

「あんっ！」

艶めかしくも短い悲鳴があがった。順平は、自分でも何をしたのかよく判らない。気がつくと瑠奈の女体をぎゅっと両腕で抱きしめていた。

「あんっ！　順平くんっ、何をするの……。手を離してっ……お願いだから私を困らせないで……」

もがき逃れようとする女体は、瑞々しくも儚く、まるで淡雪のような抱き心地。それでいてすっかりと成熟していることをそのやわらかさで伝えている。

ただ抱きしめているだけなのに脳髄が痙攣するほどの多幸感を与えてくれるのだ。

「瑠奈さん……！」

美人看護師が腕の中にいる。その精神的充足感が、心の琴線を烈しく震わせた。

言葉もないままに、順平はじっと瑠奈の瞳を厚く見つめる。

長身の順平と頭一つ分違う瑠奈が、不思議そうに見上げている。

「じゅ、順平くん？」

抗いが途絶え、颯爽《さっそう》と働く特殊看護師特有の凛とした気の張りまでもが緩んだ気がした。

瑠奈の怒りの色が、陽《ひ》に晒された初雪の如く、消えていく。

（ああ、瑠奈さん、綺麗だ……。それにこんなに可愛いんだぁ……）

能天気にそんなことを思いながら、なおも瑠奈を熱く見つめる。

（好きだ！　やっぱり、僕、瑠奈さんが好きだ……！）

この熱い想いがどうすれば彼女に伝わるか。言葉など所詮不完全だと、刹那に悟った順平は、ただひたすら瑠奈を見つめた。

いつしか瑠奈も、順平の瞳の奥を覗き込んでいた。

「もういいわ。判ったわ……。私も恥ずかしいところを見られて気が動転したみたい……。順平くんに、覗くつもりなんてなかったと信じるわ。たまたまタイミングが悪かったのよね……？」

「すみませんでした……。ごめんなさい」

あらためて謝る順平に、美貌が左右に振られた。

「本当に、もういいの。あぁ、でも、まいったなぁ……。順平くんに、飛び切りはしたないところを見られちゃった……。でも、よくよく考えると、悪いのはやっぱり順平くんじゃない……」

くしゃっと美貌を顰《しか》めるコケティッシュな表情に、順平は呆《ほう》けた顔で、はてなと首を傾げた。

「もう、そんなとぼけた顔して……。私の顔が色っぽいだのイキ貌がどんなかだのって独り言を……。お陰で、自分がおんなであることを思い出してしまったじゃない……。挙句、自らを慰めるような……」

美貌をポッと赤らめながら、照れたように瑠奈が微笑んだ。

雪の結晶を集めたような漆黒の双眸《そうぼう》が、きらきらと燦《きら》めいている。

「本当はね。順平くんのエッチな視線に気づいていたの……。眩いほど強く、熱い視線が向けられているのだもの……。まるで獣が獲物を狙うような視線だったわ。しばらく振りで忘れていたけど、ギラついた男の視線ってこんなだったなあって……。だからあんなことを口走って……」

瑠奈の言葉を、齟齬《そご》のないようゆっくりと咀嚼してから、真剣な眼差しで、その人形のように整った美貌を再びじっと見つめた。

三日月の大きな瞳も、順平を吸い込むように見つめ返してくる。けれど、刹那、恥じらいに耐えかねるように目を逸らした。それも、まるで触れなば落ちんといった風情でだ。

「ほら、その視線……。見つめられるだけでうっとりさせられるような……。そんな目で見つめられたら、秘めやかな場所が疼いてしまうじゃない……。胸も切なくなってしまう……」

「だって瑠奈さんが、やっぱり色っぽいから……。でも、それって、瑠奈さんも僕のことを意識してくれているってことですよね？」

確かめずにいられずに、折れそうに細い腰に巻きつけた腕を、ぐいっと引き絞った。引き締まった腰が、瑠奈のやわらかなお腹のあたりに当たる。たまらず若牡のシンボルを、ズボンの中で破裂させんばかりに勃起させた。

「あんっ……。また、そんなに強くぅ……」

ごつごつと硬くて熱い感触を押し当てられた瑠奈が、わずかながらではあったが腰をくねらせた。そっとスカートの奥で、太ももをもじもじさせている。十分に順平の視線を意識していながらも、そうせざるを得ないほど女陰を疼かせているのだ。

自らの女体を久方ぶりに手指で慰めてしまったがために、眠らせていた感覚が蘇り、全身の性神経を敏感にさせているのだろう。

つまり瑠奈の女体は、前戯を終えた状態に等しい。美人看護師の目元や頬が、ボーっと赤く上気しているのが、その証拠だろう。

「でも、私はここの医療スタッフで……。君の健康管理が私の仕事で……。教官とは違うんだから……有能力者とは、きちんと距離を置かなくては……」

傷つきたくない自己防御本能の現れ。立場を言い訳に、溢れだそうとする気持ちを抑えようとしているのだ。

「そんなこと、関係ありません。僕はひとりの男として、瑠奈さんのことを魅力的だと……。性的な魅力はもちろん、テキパキと仕事をする姿とか、しっかり者の一面とか……いっぱい、いっぱい魅力的で……」

順平は腕の力をさらに強めた。邪魔な自尊心、凝《こ》り固まった倫理観、分別ぶった貞淑さ、瑠奈を守る理論武装の全てを打ち壊そうとするあまり、つい力が入る。

「あん……。そんなに力強く抱き締めたりしないで。ほだされてしまいそう……。男の人の腕の中で、窒息しそうな感覚を味わうのは、いつ以来かしら……」

ルージュ煌《きら》めく口紅が、うっとりと囁いた。あらぬ情念が燻《くすぶ》りだし、堅持していた理性そのものが溶かされていくのだろう。

（もしかして、瑠奈さんが発情している？　ああ、きっとそうなんだ……。ほら、また太ももをもじもじさせている……）

順平の鼻腔をくすぐる甘やかな匂いにも、微かに蜂蜜とヨーグルトを混ぜたような弱酸性の淫香が混じっているように思える。

子宮のあたりを甘美に疼かせて、しとどの蜜液を溢れさせているのかもしれない。

「お願いです。言ってください。僕のことを好きだと……。僕は瑠奈さんが好きです。瑠奈さんが愛おしくてたまりません！」

耳元で甘く囁くと、美人看護師の理性よりも早く、その女体が答えを出してしまった。ぶるぶるぶるっと瑠奈が震えだしたのだ。

「ああん。だめよ……。そんな甘い顔で囁かれたら私……」

ようやく震えが止まっても腰が蕩けているのだろう。立っているのも辛そうにしている。瞳は焦点を失い、美貌をトロトロに上気させている。霧の中に佇むが如く全身をじっとりと濡らし、ツンと尖った頤から玉を結んだ一雫がぽたりと落ちた。

途端に、華やかな牝フェロモンが凄絶な色気と共に順平を襲う。

「僕は、ずっと瑠奈さんをこうしたかった……」

耳朶を舐めんばかりの熱い囁き。

瑠奈が激しく動揺していることが手に取るように判る。僅かに残された理性が「でも……、でも……」と繰り返しているのが、順平の耳にも聞こえた。

「僕が誰よりも瑠奈さんが色っぽいと感じるのは、無意識のうちに瑠奈さん自身が僕にセックスアピールをしていたからかもしれませんよ……。僕に抱いて欲しいとサインを出していたとか……」

「ああんっ！　ウソよ……。瑠奈そんなことしていない。無意識のうちにでも男の人を誑かそうとしていたなんてこと……。ああ、でも……」

少しは思い当たる節があったのか、美人看護師は強く否定できずにいる。

「順平くんのエッチな視線に発情していたのは確かかも……。おんなであることを思い出させてもらったことも否定しないわ……。君の事を意識しはじめたのは、それからかも……」

「意識してるってこと認めてくれるのですね。うれしいです」

「ああ、だからと言って、ここから先は……」

いまにも唇を奪われかねない距離にまで顔を近づけた順平に、瑠奈が美貌を左右に振った。お陰で、くらっと頼りなく女体が揺れた。慌てて支えようとした順平が一歩前へ。ゼロ距離であったがために、踏み込んだ順平の膝があろうことか瑠奈の太ももの間に。

「あぁんっ！」

パンティを穿いていない股間が、順平のハーフ丈のショートパンツと生膝の境に擦れた。

「あふうぅ……っ！」

思わず吹き零された熱い吐息。純白生太もものふかふか、ほこほこ、すべすべ感。さらには膝にぬるりと当たった女淫の感触。その全てが瞬時に順平の理性を崩壊させる破壊力に充ちている。

「瑠奈さん！」

「あ、はぁっ、ああ、だめぇっ……」

頭の中を真っ白にさせ順平は、膝を振動させた。

骨盤底に密着させた足をトントンさせて美人看護師の股間を襲ったのだ。自ら慰めていた余韻で、敏感になっている女陰だから強烈な淫電流が溢れたはずだ。

「だめっ、そんなことしちゃいやっ……お、奥が、子宮が揺れちゃうっ！」

たまらず瑠奈は、順平の肩にしがみつき、脂汗がふきだした美貌を分厚い胸板に埋めてくる。シルキーな声質が、耐え切れずに悩ましく呻いた。

「ああん、順平くん許してっ……。私、おかしくなってしまう……」

そんな懇願も若牡をさらに昂奮させる効果しかないことを瑠奈は知っているはず。承知した上で、鼻にかかった甘い声を漏らしているのだ。

「つく、あぅん……それ切ないの……。瑠奈のヴァギナ、擦れて揺れちゃう……」

一つ振動を加えるたび、瑠奈が高みに近づいていく。やるせなくも快美な官能が女体に押し寄せるのだろう。大きな瞳がどんどん潤んでいくのが、酷く色っぽい。

「好きですっ……瑠奈さん……愛しています！」

熱っぽく囁きながら瑠奈を追い詰める順平。表情を真剣なものに変え、決して瑠奈を弄んでいるわけではないことを伝えようとした。

「私もよ、順平くん……。そうよ。瑠奈も順平くんを憎からず思っているわ……君が好き！」

順平が心待ちにした告白。自慰で達する寸前に名前を呼んでくれたから、もしやとは思っていた。その胸に秘めていた思いを、ついに瑠奈が言葉にしてくれた。

しかも、一度口にすると、その思いがさらに溢れ出てしまうのか、その瞳にも順平への熱い想いが込められている。

嬉しさ半ば信じられない思いも半ばで、順平はその腕の力をさらに強めた。抱き心地のいい女体にうっとりしながら、頭の中に歓喜の花火を何発も打ちあげた。

5

順平は幸福感に浸る傍らで、激しい渇きにも似た衝動を感じていた。狂おしいまでの性欲が込み上げている。まさかとは思いつつも、あらぬ妄想が脳裏をよぎった。

（もしかしたら、させてもらえるかもしれない……）

毎日あれほど菜桜や杏里にたっぷりと射精させてもらっているのに、滾々と劣情が湧き上がるのは、瑠奈の魅力ゆえに他ならない。

胡蝶蘭《こちょうらん》のごとき上品な美貌が、せいろで蒸し上げられたようにしっとりと紅潮し、官能味あふれる唇を息苦しそうにわななかせている。

やわらかな柳眉も悩ましく八の字を描き、深く寄せられた眉間の皺を妖しく飾る。

ぼーっと白霧に煙らせた双眸《そうぼう》を、泣き濡れるかのように潤ませて、目覚めてしまったおんなのサガを露わにしている。

（瑠奈さん……。ああ、瑠奈さん……。なんてエロい貌をするんだ……！）

特殊看護師として仕事をしているときは、あれほど清廉であったはずなのに、今の彼女は蠱惑的すぎるほど発情を露わにしている。

（見ているだけで射精してしまいそうだ……！）

やわらかなパイル生地のショートパンツを穿いているから肉塊の勃起がそれと判るほど。その先端からは射精並みに濃い先走り汁を滲ませているから、パンツの中は気持ち悪いほどドネトネトだ。

たまらず順平は、瑞々しい尻朶にあてがったその手を蠢かせ、さらに強く肉尻を揉みしだいた。

「あううっ、お、お尻っ……やん、んっ、ふぁっ……ああん、だめっ、お尻、揉んじゃダメぇっ」

抗いの言葉なのに、悩ましい媚が含まれている。意図的に送られる秋波《しゅうは》とは異なり、天然で悩殺してくるのだ。

　今、順平は八十センチ超えの悩ましい媚尻を直接手中に収めている。否、大きな掌でもまるで収まらないほどの臀朶を、左右交互に押し合いへしあいさせ、ぶるんぶるん震えさせているのだ。

「くうぅぅ……あふっ、あ、あ、ああ……許して、お尻、許してっ……」

「許してあげられません……だってこんなにすごいお尻っ……僕の掌が溶けてしまいそうです」

　赤ちゃんのように滑らかで、指先がどこまでも入り込むほどやわらかで、力を緩めた途端にぶわっと戻ろうとするほど弾力があり、迸《ほとばし》る欲情を乱暴にぶつけても全て受け止めてくれそうな安心感もあって、その豊穣な逆ハート形の媚尻は、どれほど揉み続けても、いくら弄び続けても、順平を飽きさせない。

「まるで、つきたてのお餅みたい……。ああ、このボリューム……この感触……」

　菜桜や杏里よりも年若な瑠奈のお尻なのに、一番熟れている感じがする。それでいて尻肌はどこまでも瑞々しくピチピチ感も味わえる。

　やわらかくも張り詰めた感触を夢中で揉みしだくと柔尻が、まるで手の中で息吹《いぶ》くようにキュッキュッと震えて応えるのだ。しかも、ぐにゅりぐにゅりと揉み潰す度、悩ましい鼻声をもらしながら身悶える瑠奈の発情反応に、劣情の昂りが否応なしに高まっていく。あまりのやるせなさに、瑠奈の後頭部を片手で支え、一気に唇を奪ってしまった。

「ぬふっ、んくっ、じゅ、順平く……んっ、んんっ」

驚いたように漆黒の瞳がカッと見開かれたものの女体からは力が抜け落ち順平のするがままにしてくれる。

それどころか、可憐な口唇は、誘うような受け口で、やわらかくキスを受け止め、あろうことか口腔に挿し入れた舌すら受け入れてくれる。

「むふんっ！」と艶めかしく呻きながらもあえかに唇を開き、順平が瑠奈の舌を絡め取ろうとするのにも抗おうとしなかった。

（なんて甘くねっとりしているのだろう……。蜜の中に舌を挿《い》れたみたいだ……）

欣喜雀躍《きんきじゃくやく》、口腔中をたっぷりと舐めまわし、甘いエキスの源と思える美人看護師の舌先を丹念に舐めしゃぶる。

なぜ舌がこんなに甘く感じられるのかさっぱりわからない。それは彼女が発する臭いにより錯覚させられるのだろうか、それとも瑠奈が特別の存在なのだろうか。

答えなど得られなくとも、順平は夢中になってねちょねちょと水音を立て、蜜を採取する蜂のように看護師の朱舌を愛する。

脳底を直接しゃぶるように舌を尖らせ、眉間の裏まで舐めるような舌づかいに、瑠奈は「んんんんっ」と呻きながら身を震わせている。

まるでクンニのような口唇愛撫に、女体に起きた変化はまさしく官能に咽《むせ》ぶものだ。

調子に乗った順平の舌は、縦横無尽に翻《ひるがえ》り口腔全体を舐めまわし、上あごの裏をしゃぶり、声帯をこじ開けんばかりに喉奥深くまで舐め啜る。

「んふうっ……ふむぅっ……んおおおおお～～っ」

食道にまで届きそうな舌づかいに晒された美人看護師は、慣れない息苦しさに眼には涙さえ浮かべている。

それでいて瑠奈は、執拗な舐めしゃぶりに馴致《じゅんち》され、いつしか顎を開いて受け入れ、咀嚼するように口腔を動かし、注がれる唾液をコクコクと喉を鳴らして嚥下《えんげ》している。

「んくっ、いぁ……ほおおおっ……はむん……っあぁっ……はふう、ほうおおおっ……ぶちゅ、ぶちゅちゅりゅッ……あんっ、ふむうううう、はあ、はあ、はあ」

順平が瑠奈の口腔を舐めしゃぶるにつれ、女体がぶるぶるぶるっと派手に震える。

全身から力が抜け、内奥からじゅわわぁっと溢れさせた蜜液で、順平の生膝をべとべとにさせていた。

「ほぷ、ふうん……んぢゅりゅちゅぅぅっ……よだれ、こぼれ……はぷ、んんっ」

つーっと口角を滴り落ちる瑠奈の唾液を、順平は唇を尖らせて追った。じゅるじゅるっと吸いつけて、もったいないと言わんばかりに、貴重な果汁を舐め啜る。

「私淫らね。キスだけで背筋が蕩けそうなほど鋭敏にさせているわ……。順平くんを愛しいと思う気持ちがそうさせるのね……。ああ、こ、腰が砕けちゃうっ……」

墜《お》ちる寸前の美人看護師の背中をダメ押しするため、順平はお尻を撫であげていた手をぐいっと直角に迂回《うかい》させ、彼女の股間に潜り込ませた。

「あひっ！　あっ、あああああああぁっ」

はしたないよがり声と共に、ぶるぶるぶるっと女体を痙攣させ、瑠奈は白目を剝いた。順平の長い指先が、濡れ散らかした花びらに触れたのだ。

繊細なフェザータッチで女性器を弄ばれた瑠奈は、想像以上に脆《もろ》かった。沖で力を貯めていた初期絶頂波が、津波よりも早い勢いで押し寄せたらしい。

「あぁっ、ダメよ……。許して！　だめになっちゃう！」

花びらに触れられた程度でイッてしまうのは、相当に恥ずかしかったと見えるが、高まるだけ高まった肉体は止めようがないらしい。抑えていたおんなのタガが、他愛もなく外れたようだ。

「あはぁ……っ。順平くんが言っていた通りね。順平くんを獣にさせているのは、瑠奈の淫らさみたい……。判ったわ、判ってしまったの……。知らず知らずのうちに私の淫らさが順平くんを誘っていたのね。だから、私が色っぽいと……」

その自覚が羞恥を煽ると共に、もはや順平を拒むことはできないと、自身の背中を押したらしい。

「お願い……順平くん、ソファへ……。もう瑠奈は立っているのも辛すぎるの……」

熱い胸板にすがりつき、紅潮させた頬をさらに紅くさせ、ぶるぶると背筋を震わせている。これから順平と交わるのだと想像するだけで、またしても初期絶頂が兆したらしい。

「い、いいのですか？　瑠奈さん、僕にやらせてくれるの？」

期待に充ち充ちた順平の顔。即物的な言葉を吐いたその頬に、瑠奈は、「もうっ！」とつぶやきながら、少しだけ背伸びしてちゅっと唇を押し当ててくれた。

「もう少し、デリケートな言葉遣いを覚えて！　とても上手に口説いたとは言えないけれど、でもいいわ。させてあげる。瑠奈を抱いて……」

「判りました。瑠奈さん、すごくうれしいです……」

そう囁きながら順平は、おもむろに腰をかがめると、彼女の両方のひざ裏に腕をあてがった。

「きゃぁ」っと短い悲鳴をあげる瑠奈を順平は軽々とお姫様抱っこした。

6

ソファの上に、壊れやすい貴重品を扱う慎重さで、そっと瑠奈を横たえさせた。

もどかしい思いで、自らの着ているものを脱ぎ捨てる。

じっとりと潤ませた瞳が、切なげにこちらを見つめている。

微かにウェーブのかかった髪を瑠奈はソファに散らしている。順平は、その瑠奈の髪色が純然たる黒ではないことを知っている。漆黒の中に、控えめにすみれ色が溶かされているのだ。それも、光にかざされてようやく知ることができる深い色合いだった。

「早くきてっ……順平くんっ」

その待ちきれなさを表すように、瑠奈は美貌をトロトロにさせて両手を広げている。

その誘う仕草に順平の頭の中で、ひと足早く射精が起きた。

愛しい瑠奈のもとに馳せ参じると、その白衣の裾をうやうやしく観音に開き、すんなりと伸びた美脚を露わにさせる。閉じあわされた脚は、白日の下《もと》あまりにつるすべに輝くため、艶めかしくも人魚のようだ。

下腹部をふっくらと覆う陰毛だけが黒く、白い肌と悩殺のコントラストをなしていた。

「瑠奈さん、きれいだ！　なんてきれいなんだ！　なのに、なんてエロい眺めだろう……！」

のりのように下腹部に張り付く繊毛が微かにそよいだ。まるで可憐な乙女のように女体が震えているからだ。

下腹部を露出させたまま瑠奈が両手で顔を覆った。羞恥に耐えかねた美人看護師の姿に、順平は括約筋を閉め、勃起をぶるんと跳ねさせた。

「瑠奈さんッ！」

瑠奈の足元から覆いかぶさるように順平もソファの上に乗る。白い美脚の間に自らの片足を滑り込ませた。

（うわああっ！　なんてやわらかい太ももなんだ。つるすべに足が溶けそう……）

ねっとり濃厚ムースも顔負けの蕩けるような肌触りの内もも。くいっと膝を持ちあげると、ふかふかの肉土手とぷりぷりの肉花びらが、またしても順平の膝と密着し、ぬるりと濡らした。

「くうううううんっ」

ぐっ、ぐぐぐっと膝で、マン肉を擦るたび、悩ましく眉根を折り、切なく呻く。秘肉の頂点で、コリコリと尖りを増すものを膝に感じた。

「はっくうううっ……はふんっ……ああっ、だめえっ……感じちゃうぅっ」

きりりと歯を噛み縛りながらも、淫靡に股間をくねらせはじめる美人看護師。

「いいのですよ。僕、感じて欲しいんです。瑠奈さんの淫らな顔をいっぱい見たい！」

欲情しきった順平は、手早くブラウスのボタンを外していく、目合わせをグイッと上に持ちあげスカートから裾を引っ張り出すと、左右に大きく割り開いた。

おんなの色香をこれでもかと湛えた艶やかな肩。儚いと思えるほど繊細な鎖骨《さこつ》。そして、順平の視線を集めてやまない媚乳も露出した。

きちんとブラジャーを付けていなかったお陰で、ブラウスのくびきから放たれた刹那、ぶるるんと空気を震わせるようにして乳肌が露出させせながら飛び出した。

そのたっぷりとした重さに下乳から外側にわずかに流れ、乳肌が張り詰めたところでふるんと揺蕩うている。

ティアドロップ型のドームは、大きさで言えば菜桜や杏里よりも小ぶりかもしれない。けれど、ベシャメルソースを溶かし込んだような乳肌は、誰のものよりも艶めかしい。

衝撃を覚えるほど感動的な光景に、順平の全ての動きが止まった。膝攻撃はもちろん、息はおろか、心臓の鼓動さえも止まった気がする。

「ああ、瑠奈さんのおっぱい……美しすぎて、目がつぶれそうだ……」

まるで皮を剝いた白桃のような乳肌は、余程薄いらしく、その静脈が透けて見えるほどだった。色白の瑠奈のカラダの中でも、ふたつの球形は一段と白い。

真夏であっても、その繊細な鎖骨ですら陽に晒していないのであろう。日焼けリスクをよく知る看護師であるからこそ、神秘的なまでに艶めかしい青みがかった白さを保っているのだ。

「ねえ、そんなに見ないで……。恥ずかしすぎるわっ」

十代の頃のような水を弾くような張りを未だ失わず、それでいてしっかりと成熟したふくらみは、瑞々しくもピチピチで、健康的な美しさに充ち満ちている。

しかし、他のおんなたち同様に、瑠奈もまた男の目に素肌を晒すのは、あまりに久しぶりすぎて恥ずかしくてしかたがないらしい。

ゴージャス極まりないボン、キュッ、ボンのメリハリボディも、たまらなく羞恥を誘うらしいのだ。

「さ、触りますよ……。瑠奈さんのおっぱいに」

下乳の外周を大きく開いた掌で覆っていく。激情の全てをぶつけるような乳揉みを繰り出したいところを懸命に自重する。

いきなりの狼藉は下《げ》の下と、菜桜に仕込まれてきたからだ。

お預けを食った仔犬のように順平は、滑らかな肌触りを堪能するばかりで、乳房の中に手指を埋めようとはしなかった。

「あん、どうして？　瑠奈のおっぱい、気に入ってもらえないの……？」

お預けを食わされたのは、瑠奈も一緒であったのだろう。もどかしげに、左右に頭を振っている。

けれど、順平の掌は、まずその熱で乳肌を温めようとしているのだ。

その狙い通り、じわじわっと胸乳が熱を持ちはじめる。しかも、皮下に内包する遊離脂肪が、断熱材のような働きを担い、まるで埋《うず》め火をされたように女体全体が火照りはじめるはずなのだ。

「うそっ、何これ……じんわりと温かくって……。ああん、おっぱいが火照ってきちやう」

ただでさえ自慰の余韻が渦巻く女体だから、たちまちのうちにとろりとした淫汗を滲ませている。

「すごいです瑠奈さん。こうしているだけで、掌が蕩けてしまいそうですっ」

瑠奈に負けぬくらい額に汗をにじませる順平。赤ちゃんのように顔面を真っ赤にさせている。むろん、夏の熱気によるものばかりではなく、性熱に体を火照らせているのだ。

「ねえ。もどかしくなってきたわ……。お願いだから揉んで……っ！」

促され順平は掌を下乳から少しずつ位置をずらして、ゆっくりと中腹のあたりにあてがっていく。同時に、ゆっくりと開いては閉じての掌運動をはじめた。

「これが瑠奈さんの弾力っ！　ああ、ぷにょんとして、掌に吸いつきます!!」

順平の膝を挟みこんだままの下半身が、はしたなくもじついて、甘く熟れた果肉をぐじゅぐじゅと擦りつけてくる。

「ほううぅっ……うぅぅっん……」

行き場を失った遊離脂肪が、乳肌を張りつめさせる。

女体が快電流を浴び、ソファの上に悩ましくのたうつ。

「つくぅぅ……」

漏れかけた吐息を呑みこもうとする瑠奈だが、その分だけ愛らしく小鼻を広げて、扇情的な表情を披露している。

「すごいっ……すべすべ、ふわふわで、しかも肌をパンパンにさせて。これが瑠奈さんのおっぱいなんだねっ!!」

同じ乳房でも、菜桜や杏里とは触り心地が違う。容《かたち》や色、ツヤといったビジュアル的な違いもあったが、何よりも瑠奈の乳房には弾むような弾力がある。瑞々しいと感じさせてくれるのも、その弾力の印象がもたらすのかもしれない。

飽きることなく揉み続けるうちに、控えめだった乳頭が、むくむくっと鎌首《かまくび》をもたげ、物欲しげに膨らんでいく。「ここも触って」と、訴えるようなあさましさだ。

「る、瑠奈さん。ぼ、僕もう我慢できません。早く瑠奈さんに嵌《は》めたいっ!」

乳房を責め続けたいのは、やまやまだが、あまりにも素晴らしすぎる肉房の感触に脳味噌が沸騰してしまい、我慢できなかった。

(この扇情的な乳首を吸いながら、ぬるぬるの瑠奈さんのおま×こをち×ぽで突きまくりたい……)

そんな順平の求めに応じようと、すらりと伸びた白い脚がくの字に折られ、付け根からゆっくりと左右に開帳していく。けれど、順平はそれでも飽き足らないとばかりに、太ももの裏側に手をあてがい、ぐいっと拡がるだけ拡げさせた。

閉ざされていた帳《とばり》が、くぱぁっと口を開いてしまうのが、瑠奈にも知覚できるのだろう。「ああ……」と呻吟《しんぎん》しながら、恥ずかしげに美貌が背《そむ》けられた。

散々に順平が膝で揉み散らかした女陰は、それでもその持ち主同様、お淑《しと》やかな一輪の花菖蒲でありながら、やはり艶めかしく成熟している。

とろーりと滴り落ちた愛蜜が透明な糸を引き、濃厚な淫香をあたり一面にむんっと立ち昇らせた。

（なんて美しいんだ……なんていやらしいんだ……）

新鮮な純ピンクの陰唇がヒクヒクと震える膣口に、順平は全くの制御不能に陥った。まるで夢遊病者のように、すぐにでも暴発しそうな勃起肉を文字通り唇のようなふっくらプリプリの肉厚花びらにあてがった。

猛禽のひなが餌を啄《ついば》むように、猛り狂った怒張で、淫裂のいたるところをやみくもに突く。蜜水滴に潤う肉びらや女核を繰り返し啄むうちに、美人看護師の濡れ汁が亀頭粘膜にまぶされた。

7

「瑠奈さん、挿入《い》れるよ……」

女体がピクリと蠢いてから、ハッとするように止まった。

瞼を薄く開け、瑠奈が蕩けながら頷く。

ふたりは互いを見詰め合い、息を合わせる。

待ち受ける瑠奈に、順平は無言のまま肉柱を楚々とした女陰へと導いた。

鮮紅色の入口粘膜を切っ先にこそぎつけると、やわらかな秘口が肉エラに引き攣《つ》れ、ひし形に歪んだ。

ぞぞぞぞっと、肉花びらがすがりつくままに裏筋で秘唇を擦る。

「ひうううぅぅっ!」

しくじったわけではない。あえて水平に擦りつけたのだ。

肉幹に潤滑油をまぶすことがその目的であったが、敏感な恥裂を予想もしない形で擦られた美人看護師は、ひどく艶めいた喘ぎを漏らした。

「もうっ!　順平くんたらぁ。焦らさずに来てっ!」

腰を蕩かしながら瑠奈の繊細な手指が、順平の分身に添えられた。看護師らしく介添えすることに慣れた彼女が、自ら迎えてくれると言うのだ。

「瑠奈さんっ！」

しっとりした手指に導かれ、ただ腰部を前にゆっくりと突きだすだけで挿入が開始された。

肉の帳をにゅるんと亀頭エラがくぐると、温かさとヌメりがたまらない感触で一気に襲い掛かってくる。

「んふっ……あぁ、順平くんが来る……。私の膣中《なか》に……ううっ、熱くて大きいのが挿入《はい》ってくる……っ！」

粘膜と粘膜の接した部分が熱く溶けあう。暫《しばら》く使われていなかった美人看護師の肉管は、ひどく窄まっている上に、妖しくうねくねっている。相変わらず瑠奈が肉竿の幹を握りしめ、行く先を定めてくれるから、ずぶずぶっと腰を押し進めるばかりだが、ゆっくりと拡張しながらの挿入は長らく続いた。

「んんんっ！　まだなの……ああ、まだ挿入《はい》ってくる。順平くんのおち×ちんに、串刺しにされるみたい……っ！」

狼狽《うろた》えるような声を瑠奈が上げたのは、どこまでも貫かれる感覚に、おんながほぐれていくのを自覚するからだろう。

「んんんん〜〜っ！」

瑠奈の呻きは、そのまま女体のわななきへと変化する。久しぶりの膣道も、ぬちゅ、ぬちゅ、っと淫靡な濡れ音を響かせて、ぬかるみへと変わっていく。

艶めかしい喘ぎに脳髄を蕩けさせ、順平はずるずるずるっと腰を進めた。

成熟したやわ襞がくすぐるようにまとわりつき、さらに奥へと誘ってくれる。

（ああ、瑠奈さんの顔つきが、すっごく色っぽいエロ貌に変わっている……！）

淫情を煽られた順平は、くんっと腰を押し付けた。

おんなにとって気持ちがいいのは浅瀬への挿入であり、奥までは苦しいばかりであまり好まれないと、菜桜から再三教わっている。そうは判っていても、付け根まで全て濡れた媚肉に呑み込ませたい。

「ぐふうううっ。瑠奈さん。最高のエロま×こですっ!!　深くて、やわらかくて、そのクセ、締め付けがきつくて……。やばいよ。ヤバすぎっ！　超気持ちいいっ！」

順平は深々と女陰を挿し貫きながら、あらためて横たわる瑠奈を見下ろし、感嘆の呟きを漏らした。

二十六歳とまだ若々しくも成熟した女体は、神々しいばかりの輝きを放ち、そこに存在している。

「うぅぉぉぉっ！　瑠奈さんのおま×この中で、いやらしい触手が蠢いている。しかも、ち×ぽに絡みつきながらたまらなく締め付けて……ぐふぅぅぅ！」

そこには全く誇張などない。イソギンチャクさながらの長い触手にも似た肉襞が膣孔いっぱいに密集し、そよぐようにまとわりついては舐めまわすように蠢くのだ。

「ああ、深いわ。順平くんが私のこんな奥深くまで……。お腹の底に熱く擦れて……。それにこんなに拡げられて……苦しいくらいなのにカラダが火照っている」

かつてない部分にまで到達された瑠奈も、うろたえるように喘いでいる。

灼熱の肉塊に膣孔を焼かれ、極太に狭隘な肉管を拡張され、それ相応の快感が女体に押し寄せているらしい。

絹肌に産毛《うぶげ》を逆立て、引き締まった女体のあちこちを、びくんびくんヒクつかせている。湿潤な女陰が、さらにぢゅんと蜜液を溢れさせ、子宮をキュンキュン疼かせながら膣肉の蠕動をはじめている。

「すっごくエロい貌。瑠奈さん、こんな貌をするんだね……。いつもの澄まし顔がよがり崩れると、こんなにエロくなるんだ……。ああ、だけど、エロい瑠奈さん、ものすごく綺麗です！」

順平が面食らうほどの淫らな歓びようだ。すでに自慰で一度、さらには順平の膝トントンでも軽くイッているのだから仕方がないとはいえ、抽送もくれぬうちに、感度の上がり過ぎた女体はまたしても初期絶頂に身を焦がしている。

「あはぁん、順平くぅん……！」

細腕が首筋に絡みつき、やさしく抱き寄せてくれる。ふんわりした乳房が胸板にあたって心地よい。硬く尖らせた乳首をしきりに擦りつけている。下腹部に密着したお腹のすべすべ感も極上そのもの。思慮深く清潔感に溢れていた美人看護師が、その持てる全てを使い順平を悦ばせてくれている。

込み上げる激情に突き動かされ、蕩けた表情の瑠奈の朱唇を掠《かす》め取った。

「ほむう、あふん、むうんっ」

口腔に舌を挿し入れ、唇裏の粘膜や歯茎を夢中で舐めすする。

「むほぉ、ほふううっ、ぐふううっ」

素晴らしい手触りの絹肌を撫で回し、その手指をさらに下方へとずらした。やわらかな陰毛を弄んでから媚肉の合わせ目に忍ばせる。

「ああん、ダメっ……今そこを触られたら私……」

「僕は大好きな瑠奈さんを何度でもイカせたい。おんなの満足をいっぱい味わわせて、腰が立たなくなるまで……。だって僕、有能力者なのですから！」

昂るなと自らを律しても限界がある。気持ちが高まり抑えが利かない。自らがはじめて口説《くど》いたおんなを抱いているのだから興奮しない方がおかしい。

（動かしたい！　だけど、いま抜き挿しすると三擦《みこす》り半《はん》で果ててしまいそう……！）

かろうじて残された理性で順平はそう判断したから、やるせなく募《つの》る律動への欲求を懸命に堪え、手指で巧妙にクリトリスをあやそうとするのだ。

「はううっ！……ひあ、あっ、はあぁ!!」

触れた途端、しこりを帯びる淫核。その小さな勃起に円を描き、蕾《つぼみ》の頭を転がし、親指と人差し指で摘まみとり、擦り、つぶし、なぎ倒しと様々に嬲っていく。

「んっ、ゃあ、ああん……だめぇっ…。おかしくなる……ああっ、恥ずかしい声、抑えられない……ああ、こんなことって……」

怒張を埋められたまま敏感な器官を弄ばれては、肉体が蕩けだすのを抑えられるはずがない。兆した顔をこわばらせ必死で順平にしがみついてくる。

「ぐふうぅぅっ……く、喰い締める。瑠奈さんがち×ぽを喰い締めてる……ああ、すごく気持ちいいよぉ……漏らしちゃいそうだ！」

三擦り半どころではない。一度たりとも動かさぬうちに撃沈してしまいそうだ。

快感に膣孔がきゅんと窄まり、肉塊を抱きすくめられている。途方もない心地よさに、陶然とした唇の端から我知らず涎が零れていた。

それでも懸命に歯を食いしばり、なおも肉蕾をあやしてやる。

ちょんちょんと指先で軽く小突き、包皮を剝いて、女核をやさしく揉みこむ。

「あっ、あっ、あぁっ……ダメぇ、ああ、もうダメなの……ねえ、お願い順平くん、イクのならおち×ちんでイカせて……。順平くんと一緒にイキたい……」

執務室に響く艶めかしいおねだり。もどかしげに蜂腰を左右に揺すらせて、順平の律動を求めている。

「瑠奈さん……。判りました。僕も、気持ちよすぎてたまらなくて、もう我慢できない。でも、動かしたら止まらなくなりますよ。長くは保ちませんからね！」

やるせなく込み上げる射精衝動が、自制を利かなくさせている。あまりの具合のよさに、見境を失くしていた。

我慢たまらず、燃え上がる肉塊をさんざめかせながら、孔揉みするように腰をグラインドさせ、ミリ単位の抜き挿しをはじめた。

「あっ！　ひうっ……。な、なに？　腰が痺れて、子宮が燃えちゃう……」

小刻みな圧迫擦りから徐々に浅瀬での抜き挿しへとシフトさせていく。ぢゅぢゅぶぢゅっと、肉孔をこじ開けつつ、鈴口から吹き零した先走りのオイルで錆《さび》落としとばかりに繊細な牝管を磨き上げた。

「ひうっ、あ、はあぁ……」

甲高い牝啼きが、あられもなく吹き零される。その淫靡な喘ぎ声に脳髄を蕩かしながら順平は、よがり痴《し》れる瑠奈の膣肉に亀頭エラを擦りつけるように腰を捏ねる。

「あんっ、やんっ、膣内《なか》で太くなってる……ああん……こんなに硬いおち×ちんが……瑠奈の膣内《なか》で暴れたらっ……ひやんっ……！」

ぐちゃぐちゃに濡れた肉襞が、痙攣をおこしたように二度三度と締め付けてくる。

「る、瑠奈さんが締め付けるから、こんなに硬くなるのです……ぐふぅ……」

「そ、そんなことを言われても、どうしていいか分からないわ……んっ、あぁんっ」

「僕に抱かれて感じてくれるだけで満足です。瑠奈さんが好きだからっ！」

「ああっ……わ、私も……瑠奈も順平くんのこと……大好きよ……んんっ！」

コケティッシュに瑠奈が自分を好きだと言ってくれた。それだけで射精ものだ。

たまらずに順平は、大胆に腰を振る。受け止める瑠奈もたまらずに声をあげ、容《かたち》のいい胸をふるふると揺らしている。目を瞑《つむ》り、下唇をきゅっと噛み、真っ赤になって声を堪えようとする姿が可憐すぎる。

「あうっ……ねえダメなの、耐えられないっ……。順平くん、私、もう本当にダメッ……またイッてしまいそうなの」

恥じらいながらも、甘える口調で順平の興奮を煽ってくれる。

「いいよ、瑠奈さん。いっぱいイッて。おもいきりイキ乱れる、瑠奈さんを僕は見たいっ！」

嬉々として順平は、大きく腰を退かせ、ずるずるずるっと勃起を引き抜く。抜け落ちる寸前で、再び奥を目指して腰を押し込む。

ぽってりした肉土手をグチュンと押し潰さんばかりの抽送。

「あ、あん！　ああ、ダメっ！　イキ乱れるなんて、そんな……」

まろやかなヒップを両手で抱え、軽く瑠奈の腰を浮かせて、抜き挿しを早めていく。徐々にそのテンポを速め、ズックズックとカリ首で膣襞を掘り返す。ごつごつした肉幹で膣孔をしごきたて、切っ先で最奥を小突くのだ。

「ひっっ！　つくぅうんんっ！　あっ、あああああぁ〜〜っ！」

美人看護師がドッと汗を噴いてのけぞった。

さらに、ずぶん、ずぶん、ずぶんと、三度ピストンさせてから、ぐりんと腰を捏ね、狭隘な膣道を掻きまわす。最早、瑠奈を追いつめるだけの動きではない。おんなを墜とした悦びを胸に刻み、順平も昇り詰めようと激しい抜き挿しを繰り返す。

「あぁ……。いいの……ねえ、もっと、もっとよ。激しく、もっと激しくしてっ！」

久方ぶりに男に蹂躙《じゅうりん》される膣襞が、忘れかけていた肉の歓びに蠢いている。否、女体全体が官能を貪るようによがり、のたうち、悶え、媚尻を練り腰でくねらせている。ついには順平の腰部に美脚を巻きつけ、尻をうんと持ちあげて秘所を擦りつける始末だ。

「くぅんっ。ああ、ダメぇっ……。こんなはしたないこと……ダメなのに、気持ちいいのっ。あん、あん、あん、順平くぅ〜〜ん……っ！」

美人看護師の官能的な発情ぶりに、順平は眩暈がするほど興奮し、肉茎をその胎内で跳ねさせた。

「ああ、順平くんっ……素敵っ……。瑠奈はしあわせよ。順平くんの熱い想いが伝わったから……。その情熱に恥ずかしいほど蕩けてしまうの……あ、ああん、またイキそう……！」

「僕もしあわせです。瑠奈とSEXしているのだもの！　ああ、瑠奈ぁっ！」

十分以上に潤滑なのに膣襞が勃起にひどく絡みつく。名器に慰められ鎌首をもたげた衝動に、ついに順平は種付けへと舵を切った。

「あぁ、あ、んぁ、は、激しいっ……は、早く来てっ……じゃないと、瑠奈っ、壊れちゃううぅ〜〜っ！」

美人看護師がぐぐっと蜂腰を持ち上げ、ガクガクと揺すらせてはピストンにシンクロしてくる。思いがけないふしだらな練り腰に、順平は崩壊を促されていく。眉根をたわめ、朱唇をわななかせた扇情的なよがり貌が、視覚でも順平を追い詰める。

「好きだっ！　ああ、瑠奈、好きだよ。瑠奈っ！　愛してるぅぅ〜〜っ‼」

一突きごとに瑠奈への愛を叫ぶ。瑠奈の腰つきに合わせ順平もぐいぐいと腰を突き出し、深挿しに深挿しを重ねる。

ぷるん、ぶるんと揺れ踊る乳房を鷲掴み、掌底に乳首をすり潰すようにして荒々しく揉みしだいた。

「あううっ……くふぅ、んんっ……んふあぁ……あんっ、あんっ、あぁんっ！」

兆した美貌が激しく左右に振られる。豊かな髪がソファの上で扇情的に乱れ踊る。滴る汗と零れ落ちる愛液に白い女体をヌラつかせ凄まじいまでによがり狂うのだ。

「射精《だ》すよ。僕もイクっ、瑠奈っ、ぬおおおっ、瑠奈ぁぁ〜〜っ！」

口説き落としたおんなに種付けする本能的悦び。年上の美人看護師を自らのものとした証しに雄叫びと共に、順平は放精した。

美麗な女体を抱き締め、朱唇を掠め取りながらの射精。ズガガガッと溯《さかのぼ》る熱い滴が肉傘をさらに膨らませた。

「はうぅぅン！」

怒涛《どとう》のような白濁液を子宮いっぱいに浴び、何度目かの絶頂が、またしても瑠奈の肉体にも押し寄せている。

「ああ、射精《で》ているっ！　順平くんの熱い精子が瑠奈の膣内《なか》につ……。ああっ、瑠奈の子宮がぐびぐび呑んでいる……。順平くんの精子、呑んでいるのぉ……」

灼熱の白濁に子宮を満たされ、あられもなくイキ極める瑠奈の姿。恐ろしく抱き心地のよい女体に酔い痴れ、さらなる射精を繰り返す。

どぷっ、どぷっと精液を吐き出しながらも、順平はこの後、瑠奈をどう責めようかと考えている。

このまま精液が尽きるまで、彼女を抱くつもりだ。

(瑠奈の極上ま×こなら、一晩中、何度でも勃たせられる！)

二十六歳の美人看護師のわななく膣肉に肉竿をなおも漬け込んだまま、このまま瑠奈も孕ませようと決意をした。その能力が自分にはあることを心から神に感謝した。

終章

1

「あん、順平さん。大切なお話があるの、それは後でにしてください……」

充実していたリハビリ生活も、今日を入れてあと二日で終わりを告げる。

ややもすると憂鬱になりかける気分を盛り上げようと、その日順平は、部屋を訪れた菜桜をいきなりのように抱き締めたのだ。

寂《さび》しい別れは嫌だ。せっかくの彼女たちとの残り時間を暗い気持ちで過ごしたくもない。その想いで菜桜を抱きしめたのだが、やんわりと断られてしまった。

「話って、なに？」

その改まった表情が気になり、話を急かせようとした。

けれど、すぐにまたしても部屋のチャイムが鳴り、何者かの来訪を告げた。

「はい」

大切な菜桜との時間を邪魔されたくなくて、やや不機嫌な声で扉を開けた。

すると、そこには瑠奈と杏里の姿が。

「えっ。なに？　どうしたの？」

三人の美女が互いに顔を見合わせ頷きあう。どうやら示し合わせてここに集まったらしい。

「順平くん、まずは座りましょう。落ち着いてお話ししたいから……」

先ほどの菜桜に続き瑠奈にまで促され、順平は落ち着かない気持ちになった。

「だから話ってなに？」

この三人の美女が揃って話などと言われてしまうと、さすがに順平としては構えざるを得ない。

「もうそんなに焦らなくても大丈夫です。順平さんを取って食おうなんて話ではありませんから……」

「あら私なら、順平さんを食べちゃっていいのならいつでも……」

いつになく明け透けな杏里に、順平の背筋が冷える。横目で菜桜の表情を窺うと、はじめて会った時のようなアイスドールの氷の微笑を浮かべている。

「まずは、順平さんに大事なお返事が……」

応接セットのいつもの席に座る順平の前に、アイスコーヒーを置きながら美人教官がそう切り出した。

「なあに菜桜さん、そんなに改まって……」

話を切り出した菜桜に、一番年若い瑠奈がそう応じた。どうやら彼女たちも、菜桜の話の内容は知らないようだ。

「私、ここを辞《や》める決心をしました。そして、その……順平さんからのパートナーの申し入れを……正式に……」

まさかこんな形で、菜桜が杏里や瑠奈もいる前で、その返事をするとは思っていなかった。

「まあ、菜桜さん、決心をしたの？」

確かめる瑠奈に、菜桜がこくりと恥ずかしげに頷いている。

「ふうん。そうなんですか、ついに菜桜さん決めたのですね。順平さんも、おめでとう。よかったですね！」

杏里が、明るく祝福してくれる。正直、もっと動揺するかと思っていたが、意外にさばさばしたものだ。杏里には夫がいるのだから、それも当然なのかもしれない。

（でも、僕って杏里さんから、その程度しか愛されていなかったんだ……。結局、子胤が欲しかっただけなのか……）

目的のあった杏里はともかく、瑠奈までが平気そうにしているのがショックだった。自分にばかり都合のいい話だが、瑠奈からは愛されている実感があったのだ。

振り返って順平自身は、三人のことをどう思っていたのだろう。

三人の美女たちと結ばれて、浮かれていたが、頭のどこかでは、これからのことがずっと気になっていた。

菜桜とは本気で、パートナーとして今後も共に暮らすことを望んでいる。だからこそ、きちんとプロポーズもしている。

正直、菜桜がそれを受けてくれるか不安であったが、その決心をしてくれたのは心から嬉しい。

杏里とは、残念ながら今後のことを望めないと覚悟していた。

彼女には夫があるのだ。はじめから順平とは、子を孕むまでの関係と割り切っていたはずで、順平もまたそれを受け入れたつもりだった。けれど、杏里に対し、未練がないと言えばそれはウソだ。間違いなく杏里は、順平の心に棲みついている。

では、瑠奈とはどうか。彼女とは男女の関係になってまだ浅い。けれど、彼女の存在が自分の中で、日に日に大きくなっていることは確かだった。

にもかかわらず当の杏里と瑠奈は、けろっとした顔で二人を祝福してくれるのだ。順平の心がぎしりと軋《きし》みを上げた。けれど、だからといって何が言えよう。菜桜に申し入れをしておいて、いまさら杏里と瑠奈もだなんて、口が裂けても言えない。たとえ、国から一夫多妻を許されても、このタイミングではあまりにも順平に都合がよすぎるように思われるからだ。

「ありがとう。杏里さんも瑠奈さんも、私たちの未来を祝福してくれるのね……」

その菜桜の問いかけは、順平が杏里と瑠奈とも関係を持ったことを承知した上で、今後の四人の関係に念を押すものだろう。

「もちろん……」と二人が応えれば、菜桜と順平の仲を完全に肯定することにつながり、すなわちそれは杏里と瑠奈が順平との関係を終わりにすると認めることになる。もっとも、このまま順平がここを去れば、どちらにしても二人と会うことはもう二度とないのだろう。

またしても順平の心がギシギシと軋みを上げた。

「もう。みんなバカなんだからあ……」

一瞬の沈黙を破ったのは、またしても菜桜だった。

アイスドールの表情が、穏やかな温もりを持った微笑へと変化していく。

「私、知っています。杏里さんが、順平さんのことを思っていることを……。いくら赤ちゃんが欲しくても、順平さんを憎からず思っていなければ、カラダを許したりなんてできないですよね……。瑠奈さんだって、順平さんを本気で好きなのでしょう？　最近、より美しくなったのは順平さんのお陰ですよね？　おんなは好きな男ができると、美しさを増すものだから……」

人一倍気配りのできる菜桜だからこそ、二人のことをよく見ていて、その心情まで理解している。菜桜が、この話をどこへ導こうとしているのか順平にも判らない。けれど、順平は菜桜のことを心から信頼している。絶対に悪い方向へは向かわせないだろうと。

「杏里さん。順平さんを愛していますよね？　いっぱい抱き締めてもらう内に心から愛してしまったのでしょう？」

「そ、それは……」

否定しようとして顔を上げた人妻の瞳には、光るものがあった。その雫が全てを物語っている。

「瑠奈さんだって、そう。このまま順平さんを失ってもいいのですか？　好きだから、愛されたいから、カラダを許したのではありませんか……？」

菜桜の一言一言が、杏里と瑠奈の心に染みていくのが順平にはよく判った。端から見ているしかない順平であったが、当事者の一人であるだけに人一倍感情移入している。

「だったら菜桜さんはどうなのよ。同じ志《こころざし》を持った大切な仲間ですもの、菜桜さんには、しあわせになって欲しいの……」

瑠奈が反論するように、思いがけぬことを漏らしはじめた。

「順平さん、しあわせになりたいならちゃんと聞いてね。菜桜さんと私とは同じ目的を共有した同志みたいなものなの……」

菜桜は美貌を俯けると、改まった口調で話しはじめた。

「私は、一人でも多くコクーンの中毒者を減らしたいと考えてるの……。順平くんも知っているように、コクーンは直《じか》に脳に直結させるためリアリティに優れているわ。けれど、それ故に依存性ものすごく高いの」

菜桜の話は、順平も思い当たる節がある。コクーンに入って以来、女性の乳房に執着するようになった。あれこそが、依存のタネではないのか。

「この施設でコクーンの運用を減らすように勧《すす》めているのは、菜桜さんとこの私なの。せっかくの有能力者をコクーンの中毒にするわけにはいかないから……。実は、公表されているよりも、コクーン依存症になってしまう有能力者の数は、多いのよ」

コクーンは中毒者を生む恐れがあると聞いてはいたが、そこまで被害が出ているとは、知らなかった。菜桜がコクーンを用いずに順平をリハビリしようとしていた理由が、ようやくわかった。

「じゃあ、菜桜さんは僕を守ってくださったんですね。嬉しいです……！　でも、どうしてそんな欠陥のあるコクーンがリハビリ施設で使われているのです？」

「依存症の問題はあるけれど、コクーンが有能力者のリハビリにはとても優《すぐ》れていることは確かね。有能力者が社会に戻り、積極的におんなを求めるようにならないと意味がないから、そのデメリットに目を瞑《つむ》っているのよ。でも、その運用をもっと控えても効果はあるというのが私と菜桜さんの見解なの……」

順平の疑問に瑠奈がそう答え、その後を菜桜が恥ずかしそうな口ぶりで引き取った。

「実は、私が最初に身体を捧げたのは、順平さんを守るつもりではあったけれど……。それ以上に、最初から順平さんは私のことを……その……とってもエッチな視線で……。それ以上コクーンを使う必要などないくらいに……だから……」

「え？　そうでしたっけ？」

「自覚はなかったかもしれないけれど、私はまるでその熱い視線に犯されていると感じるほどで……。そんな経験は初めてだったから……。だから、ついあんなことを口走ってしまって……。それで順平さんの筆おろしを……」

　確かに、はじめて菜桜を見た時、その美しさと色っぽさに見惚れたことを覚えている。その視線が無自覚のうちに露骨で熱いものとなったのは、女性と接する機会がほとんどなかった故だ。結果、菜桜を視線だけで堕《お》としてしまったのだろう。いずれにしても熟れた肉体を少女のように捩らせている様子からも、菜桜は紛《まぎ》れもなく順平の想いに応え、自分を選んでくれたのだと実感できる。

「そうしているうちに、私は順平さんのことを本気で愛していました。だから、順平さんと……」

　全ての疑問が氷解した。お陰で菜桜への感謝と愛情がより一層深まった。

「コクーンの運用を変える運動は、ここを辞めてもできます……というか、丁度、外部から変える努力も必要だと思いはじめていたところで……。だから順平さんのパートナーを務めつつ、色々な方面に働きかけてみようと思うのです」

「そんな菜桜さんだったら安心して順平さんを任せられます。順平さんが菜桜さんのことを大切に想っていることも私ずっと見てきました。だから……」

杏里と瑠奈が、口を合わせて菜桜にしあわせになれと言っている。けれど、菜桜は二人を差し置いてまで、そんなことはしないことを順平が一番知っている。

「私は、杏里さんと瑠奈さんにも、しあわせになって欲しいのです」

見かけも性格も三者三様なのに、どこか三人は考え方が共通している。まるで三姉妹のようだ。

「私は、杏里さんや瑠奈さんが、順平さんに惹かれたことを全然不思議に思いません。だって順平さんは魅力的な男性だもの……」

ちらりとこちらを見て、恥じらう菜桜に、心臓がきゅんと鳴る。ドクンと下腹部に血が集まるのを止められない。

「確かに、順平くんはいい男です。さすが菜桜さんが仕込んだだけあります」

「でも、順平くん、ちょっとエッチすぎて暴走するけれどね」

瑠奈の言葉に、たまらず順平は口を挟んだ。

「僕が暴走するのは、それだけ愛しているからです。菜桜は、時にはケダモノのように犯されたい願望が見え見えだし。杏里さんも、可愛い順平さんみたいな赤ちゃんが欲しいって……。瑠奈さんなんて、自分からもっと激しくしてくださいっておねだりしたよ！」

順平の逆襲に三人の美女たちが、顔を見合わせながら頬を真っ赤に染めた。三人共に、順平の暴走に翻弄された口なのだ。

「と、とにかく。杏里さんと瑠奈さんの気持ちはこれで判りました。それでね、私が順平さんの申し入れを受け入れたのは、ひとつは、その……おんなとして堕とされたっていうのはあるのですけど……」

〝堕とされた〟の部分だけ、もごもごと声を潜める菜桜。けれど、続けられた言葉は順平にも思いもよらぬものだった。

「もうひとつは、順平さんなら杏里さんと瑠奈さんも、必ずしあわせにしてくれると思ったからです」

それが菜桜の見出した着地点。順平からは都合よすぎて、決して自分からは提案できないことだ。

「杏里さんは、子供は一人でいいのですか？　二人目三人目が欲しくなるかもしれませんよね？　瑠奈さんだって、きっと順平さんの事、忘れられないと思います。身持ちの堅い瑠奈さんが、ようやくカラダを許した相手なのですもの。少なくともすぐに結論なんて……」

「だからってどうにもなりません。少なくとも私は、医療スタッフとしてまだここを離れるわけには……」

「そう。だから、担当教官と医療スタッフの権限を行使するのはどうですか？」

「それって、つまり……」

「つまり順平さんには、もうひと月、ここでリハビリを延長してもらうのです」

思いがけぬ結論に、順平は声も出ない。

「そんなことが可能なのですか？」

代わりに杏里が尋ねてくれる。聞きたいことはそれそれと順平は頷くばかり。

「はい。順平さんのおち×ちんには、もう一か月リハビリが必要と、私たちが結論付ければそれで……」

「ってことは、つまり僕は、まだしばらくは菜桜同様に、杏里さんと瑠奈さんを愛してもいいってこと？」

「菜桜さん、本当にそれでいいのですか？　私たちに順平さんを愛させてくれるの？」

「いいも何も、それがベストの選択かと……。その代わり追加のひと月で、必ず結論を出してくださいね。むろん私の結論は変わりませんから、順平さん安心してください」

「うれしい！　あとひと月、順平くんを三人で共有できるのね！」

三人の立場で表現すれば、瑠奈の言葉通り順平を共有するとなるのだろう。けれど、順平からすると、三人を独り占めということになる。

「あまりにも自分勝手で申し訳ないけれど。僕は自分にウソを付けません。杏里さんも、瑠奈も、菜桜も、みんな愛しています。誰か一人を選ぶなんて、絶対にできないし、そんなの嫌だ！」

莞爾《かんじ》とした笑みを浮かべ、順平ははっきりと宣言した。

「僕はまだ学生だけど、一人前に程遠いけど、必ず僕が三人をしあわせにします！」

前のめりに熱弁する順平に、六つの視線が熱く降り注がれていた。

2

「ああん。なんでこうなってしまうの？」

瑠奈が恥じらいに、悲鳴を上げるのも無理はない。

いまやすっかりこの部屋の主となった順平のキングサイズのベッドにしどけなく並

べられた極上の美女たち。中央に菜桜、その左側に瑠奈、右側には杏里が一糸も身に着けず、その美しい裸身を牡獣の前に晒してくれている。

「本当に、やっぱり順平くんは大暴走するのね」

苦笑しながらも、瑠奈の瞳は濡れている。愛しい若牡が襲ってくるのを胸ときめかせて待っているのだ。

「ああ、順平さん。そんなに見比べないでください。この中で菜桜が、一番年嵩《としかさ》なのは判っています。瑞々しい肌では瑠奈さんに敵いませんし、女性らしい熟れた色香では、杏里さんに負けてしまいます……」

彼女たち同様に全裸で、目を皿のようにして視姦を続ける順平。その熱すぎる視線に灼かれ、早くも甘く啼き啜る菜桜は、白い肌を艶めかしく火照らせ、女体を純ピンクに輝かせている。

未だ夏は終わろうとしない。部屋に取り付けられた空調も、四人の男女の熱気に間に合わず、ムンと噎せかえるよう。

「見てばかりいないで触ってください。たまらなく恥ずかしいのですから……」

人妻らしい羞恥心に身を焦がし、杏里は女体を揺すらせている。

彼女らが羞恥するのも当然で、ただ裸身を晒しているわけではなく、三人共に仰向けに横たわったまま、両膝を立てM字に股をくつろげているのだ。

「あん。順平くん、杏里さんの言う通りだわ。これからどうするの？　私たちすっかり準備は整っているわよ……」

美人看護師の言葉に、順平はにんまりとした。

瑠奈の言う準備とは、シャワーを浴び、こうして裸になって横たわっているさまを指すのだろう。けれど、順平の目には、三人の誰もが、すでにじっとりと女淫を濡らし、その言葉通りに準備万端であることが見て取れるのだ。

「確かに準備はできていますね。三人ともおま×こ、ぐぢゅぐぢゅに濡らして……」

順平の卑猥なセリフに、一斉に「いやぁん」と悲鳴が上がる。

「あはは。本当に三人とも仲がいいのですね。悲鳴までシンクロさせて……。じゃあ、どうしようかな……まずは、一発目を射精したいのだけれど。エロま×こばかり見せつけられて、たまらなくて……。誰にしようか。希望者はいる？」

口ではなんだかんだ言いつつも、従順にわがままを聞いてくれる三人に、順平のテンションはいつもより高い。その分身も主人同様、やる気に満ちて勃起全開だ。

これでどうして最近までうんともすんとも言わなかったのか、我が持ち物ながら不思議でならない。

「最初の一発目だから精液濃いよ。熱くて濃厚なミルク。誰が子宮で呑む？」

順平の問いかけに、おずおずと手を上げたのは杏里だった。

「わ、私が……。順平さんの一番濃い子胤を頂戴します。どうか杏里を孕ませてください」

人妻が決意を秘めた口調で、中出しを求めてくれた。順平の子を孕む念願は、未だ果たされていない。それには順平も責任を感じている。有能力者として、早いところその責任は果たさなくてはならないと心得ている。

菜桜と瑠奈の二人は、さすがに躊躇いの表情を見せている。

同性の眼に晒され、最初に抱かれる勇気はなかったのだろう。

「うん。やっぱり杏里さんを優先しなくちゃね。一番濃ゆいち×ぽ汁をいっぱい注いであげるからね。今日こそは、きちんと孕ませてあげるよ」

言いながら順平もベッドの上に体を載せ、人妻の媚麗な女体ににじり寄った。

杏里は、ベッドの上に四つん這いになり、順平の挿入を待ち受けている。

「じゃあ、杏里さん、遠慮せずに、いっぱい気持ちよくなってね。菜桜や瑠奈に先駆けてママになる悦びをいい声で伝えてね」

いいながら順平は、杏里の左右に大きく張り出した安産型の媚尻を抱え込み、自らの腰を女陰にあたる位置に据えた。

「あん。順平さん……」

くっきりとした二重《ふたえ》に彩られたアーモンド形の眼が、早くも淫情に煙っている。

先ほど視認した通り、前戯などなくとも杏里の花苑はしっぽりと濡れていた。

「杏里っ！」

その名を呼び捨てに、いきり立つ男根を潤んだ蜜壺に漬け込んだ。

ずりずりずりっと、切っ先で濡れ襞を引き攣れながら、根元まで突き刺していく。

順平の大きな質量を十分に覚え込んだ杏里の媚肉。成熟したおんなのやわらかさが、いきなりの挿入にも痛みを与えない。それどころか同僚の二人の美女の眼差しを意識する分、いつも以上に肌という肌を火照らせているのだろう。狭隘な膣肉と逞しい逸物が擦れあう官能に、早くも女体を痺れさせている。

「あ、ああん、いいっ……。順平さんのおち×ちん、私の気持ちいいところを擦って奥へ……。ね、ねえ、お願いです。杏里を抱きしめてください。お願いっ！」

挿入されただけで兆した表情を浮かべる杏里を望まれるままきつく抱きしめる。

これほどまでに〝いい女〟に求められ、昂ぶらぬはずがない。

「杏里のま×こ、トロトロに蕩けているのに、ざらつきが強いよね」

「だって、順平さんに気持ちよくなって欲しいから。子胤をいっぱい注いで欲しいのだもの」

悩ましく眉根を寄せ、杏里が扇情的なセリフを吐く。その様子を爛々《らんらん》と見つめる菜桜と瑠奈の存在をすっかり忘れているかのよう。

「杏里、ちゃんと締め付けて僕の子胤を搾り取って……」

「ああん、ください。私、順平さんの子のいい母になります。ああでも、いまは杏里をおんなでいさせて……」

「あんなに熱く求められたらおんなが溶けるのもムリはないわ……」

熱い目で見つめる瑠奈が、嫉妬交じりにうっとりとつぶやいた。

「あん。いやだわ。本当に瑠奈、妬けてきちゃった。ずっと見てるのも、くやしいから菜桜さんを虐《いじ》めちゃいます！」

しばらく具合のいい女陰を満喫していた順平は、ゆっくりと腰を動かしはじめる。

熟れごろの旬の媚肉も、すぐに応じるようにいやらしく蠕動する。

瞳に嫉妬の炎を宿した瑠奈が、隣で膝立ちして順平たちを見つめている菜桜の媚巨乳に手を伸ばした。

慣れた手つきでぐにゅぐにゅと揉みしだき、乳肌のあちこちに口づけをはじめる。

「あん、瑠奈さん。ダメですっ……。あ、あぁん、菜桜のおっぱい弄らないでください……」

同性の、それも自分よりも年下の掌に触られることに禁忌を感じたのだろう。菜桜は身を捩らせて、その手から逃れようとした。けれど、瑠奈は、その美貌に興奮の色を載せ、執拗に追いかけると、ついには隣の菜桜の乳首に吸い付いた。

「菜桜さんのおっぱい、大きくて羨ましい……。順平くんは、このおっぱいに惑わされたのね……」

抗う菜桜の様子に、瑠奈はサディスティックな気分を煽られたのであろう。ぐいぐいと美人教官の媚巨乳を揉みしだいては、しこる乳首を強く吸い付けている。

「あっ！　ああ、瑠奈さん、ダメです！　おっぱいを吸わないで……。いま、そんなことをされたらおま×こが疼いてしまいます……っ！」

あるいは瑠奈は、順平について行くと早々に結論を出した菜桜にも嫉妬しているのかもしれない。あるいは姉のかつての親友を祝福するつもりなのか、菜桜への乳房攻めを諦めようとしない。

何を思ったのか杏里までが、順平に勃起で貫かれたまま四つん這いの女体を菜桜ににじり寄らせると、美人教官の女体にすがるようにして手を伸ばし、空いている側の媚巨乳に取りついた。

ぽってりとした唇に乳首を含み、舌先でつんつんと乳頭を嬲っている。

「ああっ、ダメぇっ。杏里さんまで……。あっ、ああん……」

狼狽の色を深めながらも菜桜は乳肌の感度を上げていく。二人の女性に乳首を弄られ、薄紅の発情色に染まった裸身を悩ましくくねらせている。

「うわあああ。女同士でいやらしいなあ……。どうせなら、そのまま菜桜を乳イキさせちゃえばいいじゃん。口では嫌がっているけど、菜桜だって瑠奈さんと杏里さんから愛されてうれしいでしょう？　だから感じてしまうのでしょう？」

すかさず順平は、捕まえていた杏里の蜜腰から、菜桜の乳房を弄る瑠奈の女淫へとその手を移動させる。

一番年若の媚肉に届かせた手指を二本、あっけなく挿入してしまった。

「あふうん、ああっ。はあああああんっ！　順平くぅん！」

艶めかしい喘ぎを上げる美人看護師の膣肉を派手にクチュクチュと掻きむしる。

「あぁっ、ダメぇ、瑠奈さん、指、挿《い》れちゃダメぇぇ〜〜っ！」

順平に女陰を掻きむしられる切なさをぶつけるように、瑠奈は菜桜の膣孔に細い指を挿入したため三人の美女と順平による淫らな円形が完成した。

「あっ、あん、あん、あん……。もうダメです。杏里、恥をかいてしまいそう……」

瑠奈の女淫を手指であやしながら順平は杏里への抜き挿しを速めている。三人の美女があられもなく悦楽に溺れる極彩色の官能絵巻に、すっかり興奮を煽られ、その腰つきも見境をなくしている。

のけぞる白い喉から歓喜の嬌声を次々と搾り取っていく。

「あぁん。菜桜さんって、すごいのね、いやらしすぎる感じ方……。普段は、お人形のように涼しい顔をしているのに、一皮剝くとまるで淫乱みたい……。ああ、でも、菜桜さん、やっぱりきれい……レロ、レロン……」

媚肉を手マンされながら瑠奈は、なおも菜桜を弄り続ける。

その美貌には、はっきりとした興奮の色が浮かんでいる。蜜壺から湧き起こる喜悦とカワイイ悋気とで、美人看護師もすっかり錯乱している。

「ああっ……私、菜桜さんに憧れていました……。凛とした佇まいで、いつも颯爽としていて……。あうぅっ……わ、私は赤ちゃんが欲しかったから、教官である菜桜さんが妬ましくて……っ。なのに、菜桜さんは、そんな私にもやさしくて……！」

菜桜の乳房をうっとりと撫でさすりながら杏里が、菜桜への心情を吐露している。

「そうなんだね。菜桜は、みんなの憧れだったたんだ……。そんな女性が僕のパートナーになってくれるのだからうれしいよ！」

菜桜のことを褒め称えながら兆した杏里を追い詰めるべく、順平は怒張を浅瀬に引き上げ、腰を小刻みに揺すっている。

ひどく倒錯しているが、菜桜への愛を杏里の女陰にぶつけているような気持になっている。

「ひうんっ！　ああ、順平さん、そこはダメですっ……。あたっているぅっ！　あん、あぁっ……。あたっているのぉ～～っ！」

膨らんだ先端がポイントからはずれぬよう、ソフトに圧迫しているにもかかわらず、杏里の身悶えは絶大だった。

美貌を左右に振り、白い裸身をのたうたせ杏里は女体の体温を上げていく。

「あんすごいっ……すごすぎです……ああ、ダメっ……狂う、狂っちゃうぅぅ！」

あまりの悦楽に、媚妻は大小のアクメの波に何度も呑まれている。

朱唇をわななかせる表情が、いかにも扇情的でそそられる。

「ああ、もうたまりません。お願い激しくしてください。杏里のおま×こにおち×ちんぢゅぼぢゅぼって、させてくださいぃぃいっ！」

淫らなおねだりに応え抽送を速める。二度三度浅瀬を擦っては奥を突き、回を重ねるにつれて、どんどんあわただしく、激しい深突きに変えていく。

「また、イッてもいいですか？　大きなのが来ちゃうの……ねえ、イッてもいいでしよう……？　順平さん、お願いっ、イカせてえっ！」

グラグラと左右に肩を揺すり杏里がねだる。その様子はまるでダダをこねる美少女のようだが、その官能味溢れる表情は、おんなの本性そのものだ。

「いいよ。杏里さん、思いっきりイッていいよ……ほらっ、ほらっ、ほらっ……」

順平は杏里を許し、絶頂へ追い立てるように男根を抽送させた。華奢《きやしや》な裸身をガクガクと大きく揺すぶる。

「ああっ、うれしいっ……順平さん、杏里はしあわせですっ！」

子宮の奥でカッと燃え上がった劫火《ごうか》が、一瞬で引火して杏里の全身に広がる。媚麗な裸身は、たちまちこれまで以上の絶頂へと駆け昇った。

「あ、ああんっ……イクっ……。瑠奈さん、菜桜もイッてしまいそう……。ああっ、イッちゃう、イッちゃうっ……んんっ……イ、イクうっ」

瑠奈に女陰を手マンされていた菜桜の美しい裸身が膝立ちしたまま、汗の雫を振りまいて背後へとのけ反った。グンとエビ反りに伸び上がり黒髪を千路に乱す。

法悦の大波が過ぎ去ると、今度は小刻みな震えが肌を走った。

「ああっ、菜桜のイキ貌、なんて淫らなんだ……。あぁ、僕もダメだ。菜桜のエロ貌に煽られて、射精《で》ちゃうよぉ〜〜っ！」

愛しい菜桜が瑠奈に蹂躙されイキ極めている。しかも、その瑠奈も順平の手淫に絶頂に兆している。勃起で刺し貫いた杏里などは、派手によがり狂うのだから順平に耐え難い興奮が押し寄せない方がおかしい。まして、抜群の締まりとうねりが、肉柱の崩落を促すのだ。

頭のなかが真っ白になり、やるせないまでの射精欲求に支配された。ひたすら腰を振り、肉棒の内側に巨大な噴火エネルギーが溜まるのを感じた。

「射精《イ》くよ……僕もイクっ!!」

瑠奈の媚肉から手指を引き抜き、杏里のムチムチの媚尻を両手で捕まえて、外連味のないストレートを最深部に打ち込んでいく。

「ほうぅっ、ぅっくうぅん。ああ、またイクぅっ、イクぅぅぅぅっ!?」

ふわりと杏里の女体が刺し貫かれたままベッドの上で浮き上がり、再び菜桜の女体にすがりついた。わななく杏里の唇が、菜桜の朱唇に重ねられ、くぐもったよがり声を密封される。

その瞬間、順平も引き結んでいた肛門の戒めを緩め、全ての欲望を解き放つ。

「ぐあああああああぁ～～っ！」

尿道を遡る熱い塊をびゅびゅっと子宮に叩きつける。

「ふむむぅぅぅぅっ！」

菜桜の口腔の中に、杏里のくぐもった牝啼きの声がこだまする。

灼熱の精液が子宮に着床するのを感じ取り、杏里が裸身を痙攣させた。

「あううっ！　うぐぅっ！」

杏里のふしだらなイキ様に瑠奈と菜桜が発情を強める。二人ともにその瞳を淫らがましく潤ませ、妖しい火照りに身を切なくさせている。もはや手指くらいでは、前菜にもならないようだ。

蜜液を滴らせた太ももをモジつかせ、自らの胸元をまさぐる菜桜。瑠奈は、耐え切れず自らの股間に手指を運び、ツンとしこる肉萌を中指の腹で揉んでいる。

「あぁ～っ。そんなに我慢できなかったの？　菜桜も、瑠奈さんも……。安心していいよ、すぐにこれを挿入《い》れてあげるから……」

杏里の媚肉から引き抜いた分身は、夥《おびただ》しく放精を済ませたばかりなのに萎えることなく、雄々しく天を衝いている。

抜かずに三発は可能な絶倫の順平だからそれが可能なのか、菜桜のカズノコ天井や瑠奈の巾着締めを求めるが故に、未だ健在であるのかは定かではない。

けれど、この三人の美女たちが相手なら何度射精しようとも、すぐに復活するのは当然のように感じられる。

「じゃあさ、菜桜と瑠奈さん、そこの壁に手をついて。そうそう、そのままお尻をこっちに突きだしてさ」

イキ涙に咽ぶ杏里をその場に放置し、菜桜も瑠奈も、イソイソといった様子で、魅力的な尻朶を順平の眼前に掲げてみせる。

健康的に引き締まり、若々しさにはち切れんばかりの瑠奈の美尻。熟れが及び、どっしりと安産型に中身を詰まらせ、重たげに実らせている菜桜の艶尻。

淫らな芳香を放つ二輪の媚花の、いずれを先に犯そうかと順平は逡巡する。

「もう少し、足を開いて……。うんOK。さて、どっちから入れて欲しい？」

「……」

そこまで明け透けに訊かれては、互いの前で「自分から」とは言い出し難いのか、ふたりの美女は一瞬、目を見交わし、すぐ恥ずかしそうに火照った顔を逸らした。

「菜桜さん。わたしっ、すごくおま×こが疼いているの……ご、ごめんなさいッ！」

「な、菜桜もです……。菜桜もおま×こが痒いのです。早くなんとかしてもらわないと、気が狂ってしまいそうッ！」

そして死ぬほど疼きまくる尻朶を、ライバルより少しでも魅力的に見えるようクナクナと振ってみせる。

二人ともに、わずか一滴で男を獣に変えさせる蠱惑のフェロモンをひり出させ、部屋の空気を艶やかに淀ませていた。

「ああ、菜桜も瑠奈さんも、エロすぎだよ。早く僕のち×ぽで蓋をしなくちゃ、エッチなお漏らしをしてる……！」

牝孔からドロッと滴り落ちた菜桜の蜜液が、淫らな糸を引いている。瑠奈などは、ポタポタと雫を垂らして、あっという間にシーツに黒いシミを作っている。

半ば呆れながらも魅入られずにいられない順平は、ごくりと生唾を呑み込んでから牝尻のひとつに取り付き、亀頭部を媚肉に擦りつけた
絖《ぬめ》る白い背中が美しい。

爛漫に咲き誇る三人の美女たちを惜しみなく愛し尽くす悦び。

リハビリのための施設が、すっかり順平のハーレムと化している。

しかし、ここでの甘い日々は、一か月延長されるだけでそう長くは続かない。

けれど、それも場所を変えればいいだけで終わりではないし、終わりにするつもり

もない。有能力者の特権で国からマンションでもあてがってもらえばいいのだ。

一時的に離れることになったとしても、杏里と瑠奈とは必ず再会できる予感がある。そして、傍らにはずっと菜桜が寄り添ってくれるだろう。

寂しくはあるけれど、ここでの終わりの日まで、たっぷりと彼女たちを愛そう。

刹那的ではあっても、その想いがあるからこそ順平の絶倫は尽きることがない。

(僕の一生をかけて、この人たちをしあわせにする。このハーレムを守り抜く……)

美麗で、可愛くて、色っぽい三人の美女たちに、心から順平は感謝しながら一方の秘孔を確認してから順平は猛る怒張を当てがい、おもむろに腰を送りこんだ。

「あぁ、どうかお願いです。順平さん、菜桜にもください っ! 菜桜だってまだ赤ちゃんを孕めるわ!」

「うん。杏里さんを孕ませたら、次は菜桜を孕ませようね。もしかしたら瑠奈さんも孕んでくれる? 三人とも孕んだら、エッチなミルクを僕にも飲ませてね……!」

計画とも妄想ともつかないふしだらな未来予想図を思い描きながら、瑠奈の牝孔の奥に肉柱を送り込む。

「菜桜、杏里、瑠奈っ……! 三人とも僕の妻であり、恋人であり、おんなだからね。ずっと僕のものでいてくれるよね?」

「はい……。私たちは順平さんの妻であり、恋人であり、おんなです」

即座に菜桜が返事をした。

「妻として、おんなとして、僕のために何をしてくれるの？」

「ああ、はい……。順平さんのおち×ちんを……。順平さんの好きな時に……私たちのおま×こで……受け止めて差し上げます」

恥ずかしそうに杏里が答えた。

「三人とも永遠に僕のものでいてくれる？」

「はい……。私たちはいつまでも、順平さんの淫妻です」

瑠奈が頰を上気させて応える。

「僕が好きかい？」

「はい……。大好きです！」

三人が声を合わせて答えてくれた。

「僕も、大好きだよ。菜桜、杏里、瑠奈。三人とも大好きだ！」

順平のものとなった三人のおんなたちは、いじらしくも淫らに、いつでも愛を乞うてくれる。

すっかり男としての自信を漲《みなぎ》らせた順平は、そんな可愛らしくも淫らな美女たちに、これからも昼夜を問わず、妻として、そしておんなとしてのしあわせをたっぷりその子宮に注ごうと決めている。

（僕のリハビリは、このままずっと終わらない……！）

眩暈がするほどの多幸感の中、順平はそう予見した。

（了）

※本作品はフィクションです。作品内に登場する
団体、人物、地域等は実在のものとは関係ありません。

みだら指南塾《しなんじゅく》

〈書き下ろし長編官能小説〉
2021年7月19日初版第一刷発行

著者……………………………………………北條拓人

デザイン………………………………………小林厚二

発行人…………………………………………後藤明信
発行所………………………………………株式会社竹書房
〒102-0075　東京都千代田区三番町8-1
三番町東急ビル6F
email：info@takeshobo.co.jp
竹書房ホームページ　http://www.takeshobo.co.jp
印刷所……………………………中央精版印刷株式会社

■定価はカバーに表示してあります。
■落丁・乱丁があった場合は、furyo@takeshobo.co.jp までメールにて
お問い合わせください。